我是比比比利

海倫・拉特 Helen Rutter——著
卓妙容——譯

用幽默戰勝全世界

文／諮商心理師暨暢銷作家　陳志恆

國小的時候，我曾經遇過一個說話常結巴的女孩。她說話時，往往需費力表達，卻總是說不清楚。

有一回，老師要班上同學兩人一組互相背誦新詩。結巴女孩正巧坐在我旁邊，我們便輪流背給對方聽。我一下子就把一首新詩背完，輕鬆容易；輪到她時，則見她費了好大的勁，從嘴裡吐出支離破碎的句子。我也認真的聽，確認她正確的將每個字背出來，然後，過關！

結束後，老師抽點幾位同學起來驗收，第一個點到的就是那位結巴女孩。她緩緩從座位起身，面露難色，用剛剛輪流背誦的十倍力氣，努力回想並嘗試說出課本裡的文字。無奈她怎麼努力，都只能不斷重複第一句話，就接不下去了。老師和同學都緊盯著她。結巴女孩越緊張，越是背不出來。

我為她捏了好幾把冷汗！

「好了！背熟之後下課來找我！」老師顯然失去耐性，幾位同學也在竊笑。結巴女孩挫敗的坐了下來。我很同情她，因為，即使結結巴巴，她剛剛確實完整背出了新詩。

後來我才知道，口吃或結巴是一種口語表達上的特殊困難，通常與一個人的情緒狀態有關：當內心越焦慮，或越在意對方觀感時，越難以流暢說出整個句子。

可以想見，這樣的孩子在成長過程中會遭遇多少挫敗，包括被同儕訕笑或嘲弄。

難道，他們不想把話說好嗎？

當然想呀！甚至，有口吃困擾的人中，許多人想成為演說家、演員、主播或者，幽默大師。《我是比比比利》這本少年小說中的主角，就是個喜歡說笑話的青少年，他希望笑話能帶來歡笑，讓大家感到開心。然而，他的口吃卻常在他打算說笑話時帶來一陣尷尬。

你肯定不會相信，他最大的心願，就是成為一位脫口秀喜劇演員，這對一般人而言都不容易了，對他而言更是困難重重。不過，你不需要閱讀到結尾，也會知道他成功克服挑戰（如果故事不這麼寫，就不熱血了！）。問題是，他是怎麼做到的？

答案是，幽默感。幽默的最高境界，就是自我解嘲，這正是關鍵所在。幽默能化解尷尬、帶來歡笑、鬆動緊張、和緩情緒。而擁有幽默感的人，其實是能在生活中觀察細微的人。他們能看見事物之間的反差，能把看似不相關的兩個現象，連結在一起，對比之下，發生出乎意料的笑點。

青少年在讀了《我是比比比利》後，應該能在主角身上看見自己的處境。他們不一定為口吃或結巴所苦，但總有些困擾著自己的地方，或者也曾遇到與主角類似的困境。

然而，讀著書中主角帶著幽默與樂觀克服逆境，會讓人感到大為振奮；進一步去思考，自己身上那些缺陷或不如人之處，換個角度看，也許是優勢。這正是青少年尋求自我認同的過程中，需要去學習與體悟的，我們不可能處處和別人一樣行，與眾不同也可以活出生命的精采。

特別是，如果你能擁有幽默感的話。

推薦序

接納與信任，喚醒孩子內在的力量

文／貓頭鷹親子教育協會創辦人　李苑芳

這是一本讓人邊看邊笑，邊笑邊不捨，邊不捨邊落淚的好書。

在作者細膩的寫作技巧下，引領我們無礙的走入十二歲口吃少年，比利的內心世界。十二歲少年；正值進入自我統整青春期前期階段，急切需要與他人互動，尋求自我的認同與定位。可是，比利卻因口吃，無法順利的把話說出來；從小到大，他累積了多少被嘲笑的經驗：「人們笑著的臉，將視線轉向別處，不敢看我，刻薄的嘴形，偷偷的翻著白眼……」

為了避免被嘲笑甚至被霸凌，比利每天都得想方設法把自己隱藏起來，以閃躲任何需要發言的機會；「只要我不開口，他們就無法嘲笑我的發音，不是嗎？這就是為什麼我決心要拚命保持安靜。」

可是，這個一句話也不說的少年，心裡卻想望著：「我下定決心要想盡一切方法擺脫我的口吃，變得和其他人一樣，甚至比其他人更好。我不禁想像如果我是學校裡最受歡迎的男孩會是什麼樣子……午休時大家都會圍在我身邊，拚命的想和我交朋友，熱切的聽我講笑話……」長期的默然，在比利心中逐漸醞釀出一股強烈的欲望，他想要被看見，更想要被聽見，他要所有的人都專心的聽他講話！

於是，這位一心想要扭轉乾坤的口吃少年，做起成為「單口喜劇演員」的大夢！「想像中的我在舞臺上大搖大擺的走動，手裡拿著麥克風，觀眾拉長耳朵聽我說的每一句話……觀眾很喜歡，紛紛哈哈大笑，他們熱愛這個版本的我。我也很愛這個版本的我。」

而這個版本的比利，只有在外婆面前，才可以無礙的展現出來！相較於積極的想盡各種辦法，想協助比利克服口吃問題，卻毫無助益的母親。這位外婆只是「很專心的看著我，認真的聽我說話……我想她真的很喜歡每週二和我相聚。」外婆每次跟比利在一起都會「停下手上在做的事，正視我，傾聽我。」這時的比利，不會口吃，更可以順暢的說起話來。

祖孫倆相聚的時候，除了輕鬆的打牌、聽音樂、看影片外，比利還會說新想到的笑話給她聽。因為，比利認為外婆「是任何人夢寐以求的最佳觀眾」。

除此之外，對比利觀察入微的外婆，發現他的想望時，就鼓勵他勇敢嘗試登臺：「講笑話，讓人開懷大笑，我想趁我還能看見親眼看到。如果有那一天，我告訴你，我一定會非常開心。」比利聽完，就和外婆勾小指頭，承諾他會做到，將來特地為她表演一場。

外婆沒有像母親一樣，要他如何練習說話、如何勇敢的站出來發表；外婆只是單純的說出她的相信，並讓孩子知道，她深信那天一定會到來！

因為，外婆對比利全然的關注，讓他從中獲得被接納、被肯定的感受；比利因為外婆無條件的愛，找到自信與自我定位，更因此得以重新統整自己和他人的關係，最後成為他和外婆所預見的自己。

這是一本教大人如何幫助青少年度過困境的好書！要成為孩子一生的貴人，無需教孩子做什麼，只需讓孩子知道你相信他、支持他，就像麵包奶奶一樣。你的孩子就會像比利一樣，邁向他的夢想，成為他自己！

第1章

過去、現在和未來走進一家酒吧。氣氛緊張／都是時態[1]。

我所說的每一句話都很重要。至少媽媽是這麼告訴我的。她有時會命令我大聲複誦。我覺得很尷尬。如果你是我，不管大聲說什麼都會很尷尬。

而現在，我正好在做這件令人尷尬的事。練習。對著鏡子，一遍又一遍的練習。你會發現我很常待在這裡，畢竟這地方是我開口說最多話的場所。我盯緊鏡子裡自己的眼睛，繃緊下巴。

「我—我—我的名字是比—比—比—比利．普林林林頓，我—我—我有口吃。我的名字是比利．普林頓（Billy Plimpton），我有口吃。我的名—名字是比比比利利利，我有口—口—口—口吃。」

即使能練到不結巴的說完這句話，我還是會不由自主的臉紅。彷彿在對鏡子裡的自己撒謊似的。如果說得吞吞吐吐，那就更糟了，因為自言自語還會卡住，感覺好蠢，所以我的臉一樣會漲得通紅。但是我的語言治療師曾囑咐我多練習。所以我練了。**很頻繁的練**。

我只會在臥室裡獨自練習這句話，從來沒在其他人面前說過。我真希望我永遠不必向人解釋我有語言障礙的問題。不過解釋還是有用的，要是剛認識我的人已經知情，就不用再試圖弄清我到底怎麼了。有些人需要很長的時間才能想通，看到他們試著控制臉上的表情讓我很難過。我可以從他們的眼睛裡看出他們在想什麼，他們在懷疑我會不會只是在開玩笑。我也希望我只是在開玩笑。

剛好那也是我時常練習的另一件事。我喜歡講笑話。想辦法一語雙關、妙語如珠

1 原文 tense 是雙關語，可代表緊張，也有時態之意。

的讓人們感到驚訝。我對著鏡子裡的自己哈哈大笑。

「當－當－當草泥馬被動－動－動物園踢踢踢出去時，會說什什什麼？別－別－別－別－別別別別！」

如果連話都說不好，怎麼能夠讓人覺得自己有趣？我光字句都說不出口，要將笑話講好比登天還難。再好笑的哏都會毀在自己手上，令我心煩意亂。我看了好多YouTube上單口喜劇演員的影片。他們表演時話說得有多流暢，講話的速度有多快，被逗樂的觀眾笑得前俯後仰。我拚命的想模仿他們。

我的口吃並非一直很明顯。有時聽起來只像在說話時停頓太久，有時則像我無緣無故將一個字拖得老長，像在和自己較勁似的，看拖了多久才把一個字說完。今天下午我困在「檸檬糖霜」這個詞裡，一直走不出去。我們討論自己最喜歡的蛋糕，我花了好長的時間才完整說出口，幾乎澆熄了我平日對檸檬糖霜蛋糕的熱情。有時候，當我結巴得很厲害時，我會遷怒那些詞彙，覺得它們就是故意在和我作對。

我妹妹克洛伊邀朋友艾莎今天來家裡吃飯。她們在廚房跑來跑去，故意製造出馬兒跑步的聲音。克洛伊對小馬非常著迷。她的房間裡擺滿小馬絨毛娃娃，牆上貼著駿馬海報，我光是看就覺得不舒服。我有點怕馬，但我當然不會告訴她。所以除非萬不得已，我絕不踏入她的臥室。

艾莎以前沒來過我們家。吃晚飯時，我拉長聲音講了一個新的笑話：「用—用—用—用哪隻手寫字比較好好好？」艾莎聽到後立刻直接了當的發問，「你為什麼要這樣講話？」她手拿捲著義大利麵的叉子，目光炯炯的盯著我。

克洛伊幫我解釋：「他說話有時會卡住。雖然知道自己要說什麼，可是他的大腦不讓話好好的被說出口。你耐心一點等他說完就沒事了。」

艾莎想了一下，將義大利麵吸進嘴裡，說：「我喜歡！」我聽了很開心。我把笑話說完：「都不好。用—用筆寫字最—最—最—最好！」她哈哈大笑。我就更開心了。

至少艾莎很誠實，當面問了我。我和其他人初次見面時，小孩的反應通常比大人好一點。他們要麼像艾莎一樣直接問我口吃的事，要麼根本不理會。最好的反應是，表現得彷彿沒什麼值得特別注意，只是耐心等我說完，知道我說得再久，最後還是會說清楚。這樣最好。媽媽說世界上許多問題都是因為大家太過匆忙，而我強迫每個人多一點耐心則是在幫大家的忙。

只有在孩子們知道我的情況，發現可以用它來攻擊我或嘲笑我時，才會開始發生問題。我最常碰到的是在我試圖說些什麼時，朝著我扮鬼臉或用手遮嘴咯咯笑的。如果是像艾莎那樣直接問，其實沒有關係。我寧願被問，也不想去面對和大人初次交談後，他們皺著眉硬擠出來的笑臉。上翹的嘴角和滿是皺紋的額頭。我討厭人們用那種表情看著我。我想看到的是沒有皺眉的真心微笑的臉。我看得出來他們恍然大悟的那一瞬間——當他們明白我有語言障礙，而不是故意選擇這麼說話的那一刻——他們總會露出好像鬆了一口氣、對自己很滿意的神情，然後開始炫耀自己對處理這類事情的手段。根據我的經驗，成年人可以分為四大類型：

第一類：加油打氣型

他們總是帶著鎮靜的微笑，一直說些「繼續」、「很有趣」和「我懂」之類的話。

我對加油打氣型的人並不反感，雖然有的比較過分，在他們叫我「深呼吸」、「放輕鬆」時，感覺還是滿討厭的。在別人明顯掙扎時叫他放鬆，和在被老虎追的人身後大喊：「跑快一點！」有何兩樣？要不是做不到，誰不想啊？

第二類：「我知道你在想什麼」型

在我看來，這是最常見的、也是最討厭的一型。然而很多大人即使在面對沒口吃的正常小孩也都是這種態度，只不過面對我時更加明顯。這類型的人認為他們真的知道我想說什麼，總是迫不及待的「幫忙」我把尚未說出口的話說完。可惜他們通常猜錯方向。碰上這類型的人，我大多會順著他們的話點頭同意，因為不想再花力氣糾正他們。導致我即使不想尿尿，也還是去了一趟廁所，因為電影院售票口的女士顯然以為我要問：「請問廁所在哪裡？」雖然實際上我想說的是：「請問賣爆米花的在哪裡？」儘管巨大的標誌和箭頭就吊在天花板下，她還是直接把我帶到廁所前面，所以我只好走進去，最後也沒買到爆米花。回到座位後，我告訴媽媽，我突然不想吃了。她說我真是個怪人。這是口吃的另一個副作用，人們要麼認為你很笨，要麼認為你很怪。

第三類：小丑型

這是最令人不舒服的類型。因為不知道該如何應對，所以這類型的大人選擇模仿我來「開玩笑」。相信我，這種情況發生的頻率比你想像的更多。前幾天我去店裡，有禮貌的拜託一個頭戴棕帽的老人幫我拿架子上的巧克力奶昔。他回答我，「當然，沒－沒－沒－沒問題！」然後自以為有趣的笑了起來。我不明白為什麼會有大人這麼做。我對他們的行為不解到甚至不曉得自己該不該覺得不舒服。無論如何，遇到這種人，我心裡還是有點不痛快。

第四類：服務生型

這是最棒的一種類型。當你遇到有口吃的人，你應該試著成為的那種類型。真希望大家都是這一種人。這類型的人為數不多，他們在我說話時不介意等待，會耐心的待在原處聽我將卡住的話一段、一段的吐出來。通常發生我在說新笑話時，你可能會等很久才聽到我要說的哏。過程差不多就是這樣，我越想說什麼，我的聲音就越不讓我說出來。這事本身就像個不好笑的笑話。

當然有些服務生型的人沒那麼好。你不會相信有些人在等得心不甘情不願時會表現得多明顯。很困難，是吧？我真想直接對他們說：「沒關係的。你就走開去做你想做的事情吧！你待在這裡，對我們兩個來說都很無趣。」但我從來沒那麼說過，因為不管我原來卡住的話是什麼，說完的時間都不會有要將這一大段話說出來那麼久。

我轉身面對著鏡子再次嘗試，「我的名字是比—比—比—比……」媽媽的頭從房門後伸出來。

「你在和誰說話，比利？」她問。

「沒—沒—沒人。」我指著鏡子回答。

「天哪！要是那面鏡子真的會說話，你的祕密就保不住了。」

「我對—對—對—鏡—鏡子說的話，它才不敢說—說—說出去呢！」我努力裝出黑道的腔調回答。媽媽是一流的「服務生型」。我猜是因為她練習得夠多了。

「嗯，你還可以和鏡子再聊十分鐘，然後就要上床睡覺，好嗎？明天是個大日子，你需要充足的睡眠。」她向我眨了眨眼，將頭從門後縮回去。如果我是個正常人，開始上班納代爾中學根本不算件大事。我下定決心要想盡一切方法擺脫我的口吃，變得和其他人一樣，甚至比其他人更好。我不禁想像如果我是學校裡最受歡迎的男孩會是什麼樣子。

「你們知道比利．普林頓吧？他超棒的，而且好幽默。」

「對，每個人都想和比利．普林頓交朋友。我相信他很快就會變成名人了。」

「再講一個笑話嘛！比利，再講一個！」

午休時大家都會圍在我身邊，拚命的想和我交朋友，熱切的聽我講笑話……只要我能擺脫口吃的話。我不願去想如果我不能，我在班納代爾的日子會是什麼樣子。

我已經寫好一張清單，列出所有我打算以十一歲正常男孩的樣子說出的話。我很喜歡列清單。做任何事之前，我都會先寫一張。我有一本火箭外型的超炫筆記本，形狀完美極了。我把清單釘在臥室的軟木板上，每做完一件事，就劃掉對應的那一行，也會在想到新事項的時候，另外添上幾筆。軟木板上釘滿清單。我想我很快就需要再買個新板子。也許應該趁生日要求媽媽買一個？看看我最喜歡的幾張清單：

最棒的十個笑話

這張單子不斷的在更新。目前排名第一的是：

1. 爲什麼孩子要穿越遊樂場？因爲要換下一張投影片／要去另一座溜滑梯[2]。

可以弄哭克洛伊的事

這是一張看似卑鄙，其實卻非如此的清單。克洛伊會為世界上最愚蠢的小事掉

2 英文中 slide 同時有投影片與溜滑梯之意。

淚。有一天我實在太無聊，便順手寫了這張清單。我每次讀，都會笑得很開心。當下的前三名為：

1. 明明屁不是她放的，卻故意指責她。
2. 告訴她世界上沒有獨角獸。
3. 赤腳去碰她的泰迪熊。

而這張則是我最新，也是最重要的清單：

擺脫口吃的方法

1. 對著鏡子練習

這方法是我的語言治療師心中的最佳武器。我很喜歡她，但目前還看不出它的效果。我從五歲開始結巴，媽媽認為那是我差點在游泳池裡淹死的後遺症。我不大確定自己是否記得溺水的感覺，說不定腦子裡的回憶只是我的想像。就像你在現實生活中早已淡忘，可是在看了照片後想起的記憶，或者是一個你聽過太多次的故事，因為太過熟悉，導致你會有事發當時自己也在現場的錯覺。我拚命將腳往下伸，找尋游泳池的底部，卻怎麼都找不到。我好惶恐。周圍好多隻腳在踢水，模糊的人聲從上方傳來。直到今天，我還是不怎麼喜歡游泳。

媽媽對蘇說，從差點溺水的第二天開始，我說話就會結巴了。我的曾祖父顯然也有同樣的毛病。蘇說，口吃有時也是會遺傳的。於是媽媽就將我的問題歸咎於游泳池和未曾謀面的曾祖父。我不太確定溺水的事。我看過幾段自己更小的時候的影片。比如三歲時在爸媽的婚禮上穿著西裝背心拿戒指當花童的；還有一段是在我四歲講敲門笑話時錄的。爸爸老是說我在聽得懂笑話之前就已經愛上講笑話。我在影片中說：「咚咚咚，敲敲門。」攝影機後的爸爸說：「誰在哪裡？」然後我回答：「便─便便」，之後開始笑得像個瘋子。當爸爸繼續問「哪位便便？」時，我只是笑得在地上打滾，以為笑話已經講完了，雖然現在回過頭看，我那時根本不知道要怎麼講笑話。爸爸說我小時候只要對著我說「便便」，我就會歇斯底里的大笑。當時一定很討人厭吧？我很高興自己已經長大了一點，笑話也講得比以前好，雖然我還是不曾在很多人面前講笑話。我現在當然不會再讓爸爸錄我講笑話的影片了，絕對不行。

我可以想像自己在影片中我結結巴巴的聲音。五歲之後，我的說話狀況才變糟。蘇認為可能在克洛伊開始說話時，我的狀況「變得明顯」。（她總是以「變明顯」來取代「變糟」。我認為她是為了不讓我將結巴視為負面的事，即使我真心這麼認為，但「明顯」聽起來是比「糟」好一點。）因為妹妹會說話，表示我話說到一半被打斷的機會自然變多了。我覺得這個推論比溺水那個合理。我想媽媽只是不願意我怪罪克洛伊，把事情推到游泳池或倒楣的曾祖父身上當然容易許多。我六歲時它消失了很長一段時間，後來卻又再度復發，於是我們開始找蘇進行語言治療。我對著鏡子自言自語已經兩年，所以如果有所幫助，現在也該看出效果了吧？不過話說回來，說不定它其實是有效果的，說不定如果我停下這些自言自語，狀況會變得更糟。我一點都不想冒險去嘗試這種可能性。

2. 閱讀蘇菲・貝爾所寫的《不結巴的生活》

媽媽帶我去買了一些上學用的文具和書，我趁她上廁所時用我的圖書禮券偷偷買了這本書。我不想讓媽媽知道我想擺脫口吃的心有多麼迫切，因為她知道後只會更擔心，並且還會想找我一次又一次的「好好談一談」。這是我在整間書店裡找到的唯一一本以口吃為主題的書。她從廁所出來時，我試著擺出一派輕鬆的模樣，可是我的臉繃得緊緊的，往外走時還把展示品撞倒了。厚紙板做的巨大老鼠和一堆書翻倒在地，媽媽叫我「笨手笨腳的小傻瓜」，動手陪我一起將書放回原位。我打算明天就開始讀。

3. 喝一種我在網路上看到名爲德國洋甘菊的花草茶

（這個名字真拗口啊！我試著唸了好幾次，沒有一次不結巴。）我從一位也有口吃的部落客約翰的文章裡，讀到德國洋甘菊可以讓「過度活躍的大腦」平靜下來。也許我擁有的就是那樣的大腦。我打算每天喝，連續喝上一個月。不過首先我必須找到一家有在賣這種花草茶的店。我去特易購大賣場和阿斯達超市找過，它們沒在賣。同時，我也一直在存零用錢。

4. 向語言之神祈禱我的語言治療師蘇會找到一種神奇的治療方法

這其實非常不切實際，因為它超出了語言治療師的工作範圍。他們無法解決口吃問題，只能幫助你改善症狀。他們教你練習和呼吸的方法，詢問所有你覺得會讓你心裡不舒服的事，不僅是語言上，還包括了生活中的一切。蘇是一個既開朗又親切的人。她有一頭捲髮，靠近頭皮的部分露出一點點銀白的髮根，總是戴著五顏六色看起來像大顆糖果串在一起的項鍊。雖然蘇治療我好幾年，可是在口吃方面我們並沒有太大進展。也許除了祈禱之外，我應該認真做她給我的功課。她上次給了我一本小冊子，專門用來提醒我，說話時用什麼方式能幫我減輕口吃。裡面畫了許多被統稱為「滑潤劑」的虛擬角色，各自代表不同的說話技巧：

慢慢扭：外型像一條蠕動的蟲，提醒你放慢語速。我知道，我也認為這個名字太過直白，一點想像力都沒有！

大軟軟：（另一個創意十足的名字！）教你要創造輕柔的聲音。所謂輕柔的聲音指的是在說一個字時，盡量不要將開頭子音唸得太清楚。要以像是你太無聊或太累，只能含糊說話那樣的發音。試試看說「ball」，可是不發出太重的「B」音，但聽起來仍聽得出是「ball」。很怪吧，是不是？

滑滑轉：說話時在容易卡住的字前面加上「嗯」。比如說，遇到「S」開頭的單字會結巴，那麼你可以在它前面加上一個「嗯」，像「嗯 snake」而不單只是「snake」。雖然蘇告訴我根本沒人會注意到，可是我覺得其實滿明顯的。我不明白為什麼「嗯—snake」會比「s— s— s—snake」好。我明明只想和其他人一樣說「snake」啊！

小冊子裡印著每個角色的圖片。「大軟軟」是個圍著藍色圍巾的巨大雪球，「滑滑轉」的人物設定則是個不折不扣的「酷哥」。為什麼要用「酷哥」這個詞？未免也太老套了。我認為想出這個點子的大人需要聘請兒童編輯來把關，以免他們選用如「酷哥」這類的愚蠢用詞。老實說，連「滑潤劑」我都覺得有點幼稚，可是蘇卻很喜歡。我在想不知道等我十二歲時，她還會不會對我講這些角色。我希望不會。我可不希望上了中學還在想著「慢慢扭」和「大軟軟」。

明天我必須找出方法安全度過在班納代爾中學的第一天。要是能夠不開口說話就好了。也許我可以透過默劇和其他人溝通，像查理・卓別林一樣。我相信用在一群憤怒的青少年身上應該會很順利吧？當他們把我的頭放在爐子上烤，我可以用默劇手法表示「請不要傷害我，我既小又弱」。

至少我就要在一個全新的環境從頭開始了。沒有人認識我，不管我想成為什麼人都沒問題。也許一切都會不同，我會交到很多朋友，甚至沒人會發現我有口吃。但是我知道中學的人數比小學更多，換句話說，可能會有更多人嘲笑我，我心裡其實也很害怕。

至少在小學時周圍的人多多少少都習慣了，對他們來說，聽到我結巴很正常，所以大多數時候我可以不去想它。我的導師傑克遜太太也還可以。她總是選同一批人回答問題，我喜歡這一點（因為我不是其中之一），而且她不在乎我拿著鉛筆在大腿上敲節奏的壞習慣——前一年的導師阿爾索普先生就很討厭我這麼做。「比利・普林頓，今天已經警告過你十次了。別再吵了！」六年級算是我過得最好的一年，因為我是最高年級生（不是最高大，我的體型很小，但至少年紀是最大的）。排隊買午飯時再也沒有比我更高年級的孩子動手推我，棒極了！集會時我可以坐在六年級專屬的長椅上，還可以坐在輪胎公園吃午餐。

艾許是我小學時代最好的朋友——嗯，我猜算是吧！我不確定我是不是他最好的朋友，但他絕對是我最好的朋友。每週四放學後他都會來我家，因為我們的媽媽也是朋友。他有點像是別無選擇，只能當我的朋友，不過我認為他並不真的在意。雖然有時我們在花園裡玩，他還是多多少少欺負我。

我很開心的將班納代爾中學填在申請單上的第一志願，即使我班上其他同學都要去念希爾塞德。

「你不會想念艾許嗎？」媽媽握著滑鼠，在按下「提交」之前問我。

「我還還還是會見到艾許的。你和他媽媽媽媽不是常常見面嗎？」

「是的，親愛的。我只是不願意讓你感到孤單而已。」

我沒告訴她反正我已經習慣孤單。艾許和我在學校其實沒什麼互動。事實上，沒人要和我互動。他想融入那些耍酷的人，午休時拚命和他們拉關係。他們總喜歡在樓梯上聚集，談論網紅的 YouTube 影片，而我則和五年級一起在籃球場投籃。這就是為什麼我選擇了班納代爾中學，這樣我就能遠離他們，重新開始。我也沒告訴媽媽艾許說他以後週四放學不會再來我們家了。

在小學的最後一天，每個人都在別人的襯衫上簽名時，他說：「既然我們要上不同的中學，最好還是要交新的朋友，我媽說以後星期四我可以待在家裡等她回來，所以我們不會再見面了。祝你在班納代爾好運！」

「喔，好。」我說：「你—你—你—你想要我簽你的……」話沒說完，他已經離開走向那些耍酷的人。至少他從未充滿惡意刻薄的對待我，也從未嘲笑過我的口吃。

其他孩子有時會那麼做。當我在教室唸課文或不得不在耶誕表演時說「吧—吧—吧」時，他們便嘲笑我。傑克遜太太認為我很適合演羊的角色。她知道我喜歡講笑話，於是要求我找一些可以用在耶穌誕生劇裡的羊的笑話。很棒的點子，畢竟不管誰說什麼，羊總是只能以叫聲回答。很合理，不是嗎？當聖母瑪莉亞問「約瑟夫在哪裡？在客棧嗎？」我指著酒吧回答「吧—吧—吧」。這原本應該是個笑點的，但我甚至無法把前頭的「酒」字清楚說出來，所以毀了整個笑話。

全班同學都在咯咯笑，我想就連一些爸爸媽媽都忍不住摀著嘴笑了。那是我在小學生活中最糟糕的回憶之一，導致我之後整個耶誕假期都在想這件事。人們笑著的臉，將視線轉向別處，不敢看我，刻薄的嘴型，偷偷的翻著白眼，可是艾許沒有。我透過羊面具看著他，他仍然看著我，等我說完我的臺詞。這就是為什麼他是我最好的朋友，這也是為什麼我得去新學校就讀。我得找一個沒人記得耶穌誕生劇的地方，找一個沒人知道我黑歷史的環境。也許在那裡會有更多像艾許一樣，不會一起嘲笑我的人。

這是我對班納代爾中學最大的恐懼——每個人都嘲笑我。我想要他們聽懂我的笑話，和我一起笑，而不是笑話我。可是在我的口吃消失之前，我甚至不能講任何笑話。如果我開口，他們會因為錯誤的原因而笑，就像那場耶誕表演一樣。我不是講笑話的人，我才是笑點。

只要我不開口，他們就無法嘲笑我的發音，不是嗎？這就是為什麼我決心要拚命保持安靜。一句話也不說，直到我做完那張清單上的事，直到我的口吃消失，然後我就不再是那個口吃的比利・普林頓，而會成為學校裡最有趣的比利・普林頓。

祝我好運。

第2章

Q 龍為什麼要在白天睡覺？
A 這樣牠們才可以和黑夜／騎士對抗[1]。

我一邊打呵欠，一邊又看了鏡子一眼。我的頭髮像個鳥窩，眼角還帶著睡意。我可以看到班納代爾中學的制服掛在身後的門板上。它看起來很重要，令我既恐懼又興奮。

「早安。」我將雙臂舉過頭頂，伸懶腰，然後傾身，若有所思的盯著鏡子裡的自己。我的表情看起來很放鬆，眼神並不緊繃。不一樣了，我突然間澈底清醒。一開始只

1 night（黑夜）與knight（騎士）英文發音相同。

是覺得看到了一點點希望，隱隱約約的覺得事情可能會有所變化。這種情況不是沒發生過，通常發生在我知道有什麼我不得不開口說話的重大事件之前。我允許自己隨心所欲，想像奇蹟已經發生。也許這一次是真的。內心的希望逐漸上升，心臟開始在胸膛裡怦怦直跳。成真了嗎？我昨天晚上被治癒了嗎？

「我的名字是比利……」

沒錯！奇蹟出現了！不見了，我的口吃不見了，正好趕上開學！我的口吃不見了！然後我繼續，「……普─普─普─普─普─普林頓。」我的整顆心沉下來，立刻感到自己有多可笑，不禁對著鏡中的影像大嘆一口氣。

我有時會想是不是不要再抱持希望比較好？反正結果只會讓我更難過。我情緒低落，穿上新制服，聽到媽媽在樓梯口叫我動作快一點。

吃過早餐後，媽媽一邊調整我的領帶，一邊說些這類的話：

「你看起來好小啊！太小了，一點都不像個中學生。」

「媽！住─住手！」我生氣了，扣上西裝外套的釦子，不讓她繼續拉扯我的領帶。

爸爸一邊吃玉米片，一邊對我微笑。

爸爸現在總算可以每天回家了。他上週剛換新工作，開始在地方新聞臺負責新聞和天氣的拍攝。他是攝影師，以前專門負責體育賽事，所以經常出差。他去年還去拍了奧運會。

我有時會覺得他和我們不是真正的一家人，和我們其他人不一樣，比較像是一個有趣的客人。有一次，在我應該早就上床的時間，我聽到爸媽在廚房裡吵架，媽媽說：「天哪！伊恩，你不在家時，事情反而容易點。」她聽起來好疲憊。我悄悄溜下樓，坐在最底端的樓梯上，一如往常的偷聽。就在媽媽用力甩上冰箱的門，踩著憤怒的腳步走向大門時，我才迅速爬回二樓，差一點被她逮個正著。

我曾經讀過一本書，故事裡的孩子父母離婚，而一切全始於孩子入睡後夫妻在夜裡的爭吵。所以我一聽到他們吵架，馬上就想到這件事。我坐在臺階上驚慌失措的想，我要怎麼做才能阻止他們離婚。我懷疑是否都是因為我，都是我的錯。雖然現在我努力不去想離婚的事，但在我上床睡覺時，它總會突然跳出來，在我腦中盤旋。從那以後我沒再聽過他們吵架，除了偶爾爭執誰該把碗盤從洗碗機裡拿出來。不過我相信沒人會因為清掃廚房之類的事而離婚，不是嗎？

爸爸說拍攝新聞不如拍攝運動賽事有趣，「但有時候，生命裡還有更重要的事，比利。」我猜他指的是我們。他看起來似乎真的很快樂，為了能夠每天回家感到開心，媽媽也是。他們倆在一起時變得有點傻里傻氣的，幼稚得很。前幾天媽媽躲在洗衣籃裡，跳出來嚇爸爸，行為和小孩沒兩樣。我很高興他們玩得很開心，也很高興離婚的事應該暫停了，只不過不免還是有點尷尬。

校車的站牌就在我家巷尾。我慎重警告爸媽絕對不可以在校車開走後向我揮手道別。他們還想帶克洛伊和她的啦啦隊花球到校車站牌。你能想像嗎？你的小妹妹拿著粉紅花球和爸媽一起在站牌前跳舞，為你加油打氣，還有什麼事能比這個更尷尬？當我大聲拒絕，告訴他們「不行！」時，他們裝出一臉很傷心的樣子。爸爸開始非常大聲的假哭。「可是我們很愛你啊！」他哀號著說。

校車很酷。裡面的座椅像是豪華的高背天鵝絨沙發。這區班納代爾的學生不多，所以校車不是雙層巴士。在那裡等車的人中，只有我穿著班納代爾中學的制服。不過我並不介意。

在我們班，只有我和史凱拉・諾金斯選了班納代爾中學。她和我一樣大多獨來獨往。其他人都去了希爾塞德。他們的制服是一件繡著希爾塞德校徽的紅色套頭衫，沒有規定下半身要穿什麼。我看過一個粉紅頭髮的女孩穿著破洞牛仔褲、運動鞋和希爾塞德套頭衫，所以他們學校對服裝儀容的規矩真的很鬆呢！不像班納代爾，如果襯衫沒有塞進褲頭，馬上就會收到警告。

我們到一家小小的體育用品店買我的新制服，居然要先通過一扇棕色的門到二樓試穿。我覺得在這種地方買制服實在是太奇怪了，不禁問媽媽她是不是買仿冒品給我。她哈哈大笑，嘴巴咧得大大的，大到我都能看到她蛀牙裡的填料，可是她沒有回答我的問題。我可不是在和她開玩笑。當媽媽笑的時候，我常常感到困惑，她是在和我一起笑，還是在嘲笑我？上次我告訴她最近升至我排行榜冠軍的笑話時，她根本連笑都沒笑。

一顆冥想的雞蛋會說什麼？

嗡歐歐歐姆蛋。

我不明白，「冥想蛋」怎麼會不好笑。為了說好這個笑話，我還故意擺出嬉皮的表情和冥想的坐姿。我以為媽媽一定會喜歡的，因為她不但時常做瑜伽，而且總是播放有聲書試圖引導我冥想，要我在愚蠢的背景音樂裡想像自己飄浮在雲層中。可惜這麼做不會讓我放鬆，事實上它反而會讓我很惱怒。

在我說雞蛋笑話時，她只是伸手揉了揉我的腦袋。我覺得她根本沒聽進去。也許我的表達技巧還需要再加強訓練。下次遇到麵包奶奶，我要把雞蛋笑話再拿出來試試。每個笑話我都會講給她聽，好測試一下觀眾的反應。

麵包奶奶第一次看到我穿上校服，臉上滿是驕傲。班納代爾中學的制服是沉穩的海軍藍，衣領上有一圈紅色飾邊，胸前口袋繡著很漂亮的孔雀校徽。我忍不住一直觸摸它，深怕它突然不見了。觸感相當僵硬，卻覺得莊嚴隆重，讓我在穿上校服的西裝外套時，不禁也感到自己變得重要了。

麵包奶奶第一次看到我穿著班納代爾校服時，眼眶泛紅，我以為她要哭了。她一直撫摸我的領帶。「一套得體的校服，配上得體的領帶。不像邋遢的希爾塞德中學套頭衫，看起來很隨便。要我來說，得體的學校就應該要有得體的制服。」

我站在公車站牌等車，看著一大群穿著「邋遢」套頭衫的學生擠在另一輛校車上，正要趕去希爾塞德中學，度過這學年的第一天。好多隻手貼在車窗上，看得出來裡頭很悶熱。我看到好幾張我認識的臉孔從車窗玻璃上被擦掉的蒸氣圈圈向外窺視，彷彿幽靈。喜歡耍酷的女孩們全低頭看著手機。艾許注意到我看向他們時，朝我微微點了點頭。頓時我覺得自己有點傻，也許我應該選擇和他同一所學校，和其他人在一起。他們並沒有「那麼」糟；說不定我能夠遇到最好的人，也不過就是和他們一樣罷了？就在此時我的校車緩緩駛近，在站牌前停下，所以我只好趕快忘掉他們，開始考慮起自己的新生活。

校車座位空間很大，我乾脆一個人坐在正中央，偷偷打量四周。一如往常，大聲喧譁的孩子聚集在後面，沉默的書呆子安坐在前面。我將書包放在大腿上，坐在車廂中段，完美的不引起任何人注目。念小學也不算完全沒用，至少我學到一些極重要的生存原則。因為太重要了，所以我當然也為它們做了一張清單釘在我的軟木板上，以便在需要時提醒自己。

如何隱藏自己

1. 不當第一

過於熱切是最大的禁忌。不管什麼事，克洛伊總是一馬當先，永遠想當隊伍的第一個。前幾天我們去看牙醫時，那位女士說：「好，誰要先看？」克洛伊跳起來喊，「我！」好像非常期待有人在她嘴裡戳來戳去的樣子。我則完全不同，不管什麼事，我都不想當第一個。讓注意力集中在其他人身上，然後輪到我時，就不會有人感興趣了。牙醫在聽完克洛伊滔滔不絕的講述獨角獸細節之後，連問我問題的時間都沒有，所以我得以一言不發的完成這一次看牙的任務。

2. 不做墊底

和搶第一類似，當最後一個壓力也是很大的。下課時間過後最晚才進教室的人，以及考試最後才交卷的孩子總是特別引人注目。甚至連英文慣用語裡的「最後但並非最不重要」也說明了這個道理。如果你真心想當「最不重要」的人呢？我告訴你該怎麼辦——藏在人群中間。

3. 不要大聲打噴嚏

我爸爸每次打噴嚏時總會順口唱道：「哈啾，哈啾，小貓貓，哇哇哇」。顯然是一首很久以前的老歌。每次他這麼做都會逗得媽媽哈哈大笑，彷彿她之前從未聽過似的。我卻認為那是史上最尷尬的事。有一次他來學校接我時也這麼做了，更糟的是，每個人都聽到了。第二天簡直是惡夢，所有人整天都在假裝打噴嚏！老實說，整件事還滿有趣的，但我也從中學到了教訓——千萬不要大聲打噴嚏。

4. 不要打嗝

四年級時，海蒂．希斯洛普有一次出了點毛病，打嗝的味道和臭雞蛋一模一樣。而且只要她一打嗝，下一秒就會哭出來，大家聽到她的哭聲，馬上知道該摀住鼻子。老實說，那真是全世界最難聞的氣味。她的狀況後來改善了許多，可是沒有人忘記這件事。之後好幾年，同學們一直很不厚道的用它來造句取笑。

「你寧願像海蒂．希斯洛普那樣打嗝，還是放會讓你觸電的屁？」

「你寧願像海蒂．希斯洛普那樣打嗝，還是手指長得像蠕蟲？」

而下面這句曾在一段時間內是大家的最愛，因為他們無法決定哪種情況更慘：

「你寧願像海蒂．希斯洛普那樣打嗝，還是像比利．普林頓那樣說話？」

5. 不要笑太多，也不要都不笑

笑太多＝努力過頭

都不笑＝非常奇怪

莉莉．克雷斯韋爾以前總是笑得太過頭，尤其是在遇到一些不該覺得好笑的事的時候。她曾經在課堂上朗讀一首關於戰爭的詩時（這絕對不好笑）開始咯咯笑。我看得出來傑克遜太太真的很生氣，但莉莉反而笑得更誇張了。相反的，弗雷澤．湯普森從來不笑，其他人都說他很奇怪，並且時常利用他來打賭看誰能逗他笑。無論如何，多虧了莉莉和弗雷澤，我知道不要犯和他們同樣的錯。

6. 絕對不要放屁

只要你做過一次，所有的人會永遠、永遠讓你忘不了。我甚至不需要解釋，相信地球上任何地方的任何一個孩子都知道這條規則。滿七歲之後在學校放屁是絕對不行的。我曾經在默讀課文時放過一次屁，但我很幸運坐在總是放屁的阿爾瑪隔壁，因為每次上體育課只要一做伸展體操她就放屁，所以大家理所當然都以為是她。當每個人摀著鼻子假裝無法呼吸時，我有些內疚，但沒內疚到足以承認放屁的是我。

第一點至第六點適用於任何在學校就讀的十一歲兒童。請放心大膽的在需要時使用。至於第七點卻是最大、也是最重要的規則，不過只適用在我身上：

7. 不要說話

這張清單裡的每一項都有可能引起他人不必要的注意。我不想讓任何人注意到我的存在，可是只要我一開口說話，大家的目光絕對會集中在我身上。

我將蘇菲．貝爾的《不結巴的生活》放在我的提袋裡，它可以給我答案。當我從這輛校車下來時，將成為一個全新的人。我用雙手握住它，深吸了一口氣，閉上眼睛在心中許願。接著，我環顧四周，沒人看到我；我成功的把自己的存在感壓到最低。我不想讓任何人知道我在讀什麼，所以我撕掉封面，將書體藏在一本舊的《勇者鬥惡龍》的封面裡。我還是有點緊張，害怕有人會站在我身後，從我肩膀上看到並閱讀書上的文字。我轉頭檢查，後面沒人在看，於是我稍微放鬆，翻開了第一頁。

書很無聊。它沒有教導我任何技巧，也沒有告訴我可以做什麼，全書只是一直繞著「自信」打轉。我不明白當我聽起來像個壞掉的機器人時，我怎麼可能有自信？我敢打賭，蘇菲・貝爾自己一定沒有口吃。我很快的翻閱整本書，再翻到目錄的部分，瀏覽全部章節，沒有任何地方講到清單、事實或規則。我用力合上書，發現一個孩子正看著我。也許我應該記取教訓，將它添加到我的「如何隱藏自己」的清單上。

8. 不要突然發出聲音或做出動作

我把書塞進背包。它顯然一點用處都沒有。至少我很確定不可能在上學前從它那兒得到什麼幫助。我真希望當時我用圖書禮券買的是雷克・萊爾頓新出的小說。我提醒自己記得把第二個方法從「擺脫口吃的方法」的清單上劃掉。接下來我要開始準備第三個方法——花草茶。只不過我必須先找到有在賣它的商店。問題是，我本來希望這本書可以提供什麼新點子，讓我在點名時應用一下。我真的很擔心點名。除了在點名時被叫到必須回答之外，要我一整個星期都不要開口說話並不難。我一直對著鏡子練習不同的技巧。不過，我認為那麼做反而讓我更緊張了。壓力太大。

你有沒有注意過，當你非常希望某件事以特定方式進行時，最後一定不如人意？我下了校車，第一次走進班納代爾中學時，心裡就在想這個念頭。我懷著恐懼，向前行。

第3章

Q為什麼男孩要把手錶扔出教室窗外？
A他想看到時光飛逝。

我一走進教室，就知道他是我必須特別小心應付的人。一段時間過後，你自然會對這種事產生第六感。他側身坐在椅子上，雙腿張得開開的，彷彿要盡可能的多占點空間。他的領帶鬆鬆的垂掛胸前，我知道他會因此被師長警告，但他看起來就像是那種根本不把警告放在心上的孩子。他甚至會喜歡被警告。說不定他把警告單全收起來掛在牆上，就像正常人掛獎狀、證書一樣。

他一邊吹口哨，一邊打量教室內的人，尋找第一位受害者。我避開目光接觸，想要找個離他越遠越好的位子。我看到史凱拉坐在教室後方。她一邊畫畫，一邊微微點頭和我打招呼。史凱拉穿著班納代爾校服，看起來不像小學時那麼邋遢。以前的同學都會嘲笑她，因為她的衣服總是太小，頭髮也亂成一團。雖然現在她的校服過大，至少很乾淨；頭髮仍舊有點亂，卻沒以前那麼糟。也許因為今天是開學日，她規規矩矩的梳了頭。

史凱拉非常會畫畫。小學時，每天午休她都拿著素描簿和鉛筆坐在操場角落。有一次，傑克．勞斯搶過她手上的本子，和他的豬朋狗友扔來扔去。那時我瞥見空中張開的頁面上，畫了我所看過最動人的面孔望向紙張外。很漂亮的眼睛，但是像鬼魂一般，有點恐怖。她狠狠的往傑克．勞斯的鼻子揍了一拳，將素描簿搶回來。史凱拉不在乎他人對自己的看法。

我考慮走過去和她一起坐，但我不能坐女孩子旁邊，那會引起太多關注。

無論如何，史凱拉揮出那一拳後，我其實有點怕她，所以我選了一個頂著滿頭蓬鬆金髮、看起來很「正常」的男孩。這就是我想要的，一個可以用來當人肉盾牌的人。一個可以分散人們對我的注意力的正常人，讓我看起來好像也很「正常」的人。金髮男孩看著我。

「嗨！」他漫不經心的說，拿走他的書包，讓我可以坐下。我點頭微笑，盡量不要笑得太過火，而讓自己顯得很奇怪。他繼續和坐在後面桌子的兩個男孩聊天。他們看起來已經混得很熟了。

當我看見和他說話的兩個男孩時，我不禁懷疑自己是否選錯了位子。其中一個長得很高。我的意思是，真的真的很高。即使他坐著，也還是看得出他很高。他像個卡通人物似的折疊雙腿塞入桌子底下，長長的上半身駝著背，拱成微彎的曲線。另一個男孩看起來夠正常，但是他一直搓著自己的雙手，彷彿停不下來，而且不停的在桌子下抖腳，好像身體裡有過多能量，不釋放一些出來不行。我發現得太晚，來不及再換位子了，所以我坐下來，假裝在書包裡翻找東西。

我有計畫可以應付點名。

在我和鏡子裡的我彼此了解的這些年，我的笑話和我發現了四種不同的技巧可以派上用場。

我可以說話而（盡量）不卡住的方法

1. 用氣音說話

我不知道為什麼，但當我用氣音說話時，說什麼都不是問題。不過這只能用在我和對方距離夠近的時候。在家時，我常常用氣音說話。我最近在想，如果我對著麥克風用氣音說話，不曉得放大後的聲音夠不夠響亮。也許我可以找個小型麥克風，偷偷戴上一整天。要是這方法行得通，我就能當一個用氣音說話的單口喜劇演員了！「各位先生女士，讓我們一起鼓掌歡迎……以氣音說話的比利！」嗯，老實說聽起來有點怪，或許這個點子沒我想像的那麼好。

2. 唱歌

如果我能活在以唱歌代替說話的歌劇世界，那麼一切都不是問題了，可是我總不能一輩子只唱歌而不說話，真是可惜。想像一下，走進一家店後放聲高歌：「請問我可以買這個巧克力棒嗎？」所有的人都會認為我是瘋子吧？用唱的來表達笑話也很怪——我試過了，完全不行。用唱的來回應點名——那我就是真的瘋了。

3. 說夢話

這個方法顯然與鏡子無關，是媽媽告訴我的。以前爸爸常不在家，我有時會在他出差時和媽媽一起睡。她說我會說夢話吵醒她。她曾經用手機錄下來，錄到的夢話非常好笑。我一邊睡，一邊說我把東西放進桶子裡卻放錯方向，一點邏輯也沒有。可是我在睡夢中完全沒有結巴。這是我在聽那段錄音時，第一件注意到的事。

我有時也會夢遊。爸媽發現時，簡直嚇壞了。爸爸說有一次他熬夜看電視，我走進客廳，像殭屍似的站在那裡。他問我：「比利，你在做什麼，小子？」我都沒有回應。他只好把我帶回床上。第二天早上我卻什麼都不記得了，實在很奇怪。媽媽說那是因為我的腦子裡塞了太多事情，所以在睡覺時大腦也無法放鬆。我不明白。我以為我一直都是很放鬆的，畢竟沒事我會和麵包奶奶一起看《藍色星球》，也會讀我最喜歡的笑話書。不過媽媽大概覺得每個人都應該用她的方式才能放鬆吧？躺在浴缸裡，點香氛蠟燭、看雜誌。

要是我能在點名時睡著就好了。

4. 敲擊節奏

如果我能在大腿上敲出節奏，並配合節拍說話，通常結巴就會大幅改善。兩年前曾有一段時間我一直這麼做。可是過了一陣子，它的效果越來越差，最後更是完全失去作用。為了讓它奏效，我就更頻繁的在大腿上敲節奏，而且越敲越用力。最後，我的語言治療師蘇和媽媽都說：「不要再敲了，停下來對你比較好。」媽媽說：「你那樣說話，聽起來好像衛星導航系統，比利，而且連帶的看起來像有肢體障礙。」她們認為這個問題比口吃還糟糕。不過，這件事至少帶來一個正面消息：我因此意識到我很喜歡打鼓。我一直在做節拍練習，而且做得滿不錯。我非常想要一套真正的爵士鼓，但媽媽說：「絕對不可能！」她很喜歡說：「絕對不可能！」

她對很多事情都是這麼說的：

「媽媽，我們可以養一隻狗嗎？」

「絕對不可能！」

「媽媽，我可以吃冰淇淋當早餐嗎？」

「絕對不可能！」

「媽媽，可以送我一套爵士鼓當生日禮物嗎？」

「絕對不可能！」

在評估所有選項之後，我和鏡子裡的我決定混用兩種技術，先舉手，再以氣音回答：「是的，先生。」然後清清嗓子，做出有東西卡在我喉嚨的樣子。我可以用咳嗽讓氣音合理化，嗯，應該行得通。至少在鏡子裡的演練看起來還是挺像一回事的。我不確定是否可以每天都用同一招，但是應付目前的狀況應該還行。

「威廉・布萊克莫爾？」老師開始點名了。領帶鬆散的男孩說：「喲！怎樣啦？」

每個人都笑了。老師看著他，彷彿在想是否該斥責他，但過了幾秒又繼續點名。現在我很確定威廉．布萊克莫爾絕對是我必須留意的人。我得小心點。

下一個在點名簿上的名字是馬修．康恩比斯，就是坐在我後面那個長竹竿似的男孩。抖腿的叫約書亞．戴。坐在我旁邊的則是亞歷克斯．柯比。亞歷克斯的耳朵裡塞著一個塑膠製的東西，我在想他是不是在聽音樂，雖然那東西看起來不大像耳機。如果我可以開口說話，我會問他。當老師終於叫到我的名字時，我的臉立刻漲得通紅。我依照原先的計畫，看似運作得相當順利，沒人注意到的樣子。在氣音回答和咳嗽之後，我偷偷觀察四周，沒人回頭看我。完美！我對自己微笑。也許那些對著鏡子的練習終究還是值得的。我鬆了一口氣，然後往早上第一堂課的教室走去。接下來一整天我一個字都不會說，遇到點名就繼續混用氣音加咳嗽的方法，也許中學生活會比小學生活好很多！

上午剩下的時間，我大多拿著課程表在走廊裡走來走去。當一個「班納代爾男孩」（麵包奶奶堅持這麼叫我）最困難的事，是不知道我該去哪裡。教室的編號很奇怪。藝術課在「R1」，地理課在「E11」。我不知道「R」和「E」各代表了什麼。如果我是負責人，我會拿掉這些字母。

理論上，十年級的學長姐應該要「照顧我們」，並且在新生迷路時提供幫助。實際上，他們要麼成群結隊的在聊天，要麼相互推擠嘲笑，根本沒人注意到我。這對我來說不是問題，我才不想要一堆十年級的來詢問我，讓我還得努力找藉口不去回答他們。所以我選擇繼續徘徊，直到我找到應該去的教室。我在西班牙語課開始十五分鐘後才抵達，老師只是揮手示意我進去，並用西班牙語說了一些話。我坐下來，把頭埋進書包裡。我可以感覺到每個人都在盯著我看。

我有一個可以放進所有書的新背包。它很酷，也很大，大到我幾乎可以把整顆腦袋放進去。我當然沒有真的那麼做，如果我做了，相信大家就更會瞪著我了。背包是黑的，點綴著畫素狀的灰色小方塊，到處都是大大小小的口袋。

第一堂歷史課時，我找不到筆，心裡惶恐了起來，瘋子似的在每個口袋翻找，還好歷史老師愛碧兒太太是個大好人。她的眼睛周圍都是皺紋，讓她即使板著臉時，也看似在微笑。她沒有發問，但顯然明白我在找什麼，露出微笑，悄悄將一枝筆放在我桌上。

我認為「愛碧兒太太」是個很適合老師的名字。我要來寫一張新清單：「適合老師的好姓氏」。我以前念的小學有個幼兒園老師叫「弗蘭德先生」（Friend）[1]。他的名字絕對是清單上的榜首。不過，這表示我可能需要另外列張「不適合老師的壞姓氏」清單來湊成一對。爸爸說過他曾有個老師叫法特列先生（Fartlet）。他們都叫他法特[2]先生，再故意以小到幾乎聽不見、大到老師無法責罰的聲音發出最後那個「列」。我認為如果你有那樣的姓氏，真的應該好好考慮教書這職業是否合適。

事實證明，我對威廉·布萊克莫爾的看法是正確的。他在每節課搗亂，大喊大叫，隨意發言。我看得出來老師們和我一樣都對他保持警戒。我盡量避免坐在他附近。如果他第一天就這樣，我相信他日後只會變本加厲。午休後我們坐下來等點名，布萊克莫爾無聊的翻弄女孩們的鉛筆盒，她們高聲尖叫要他停下。抖腿的約書亞經過我身邊走向他的座位，看到我正望著那群人。「布萊克莫爾壞透了，」他低聲說：「我和他念同一所小學，我很清楚。」我只是點點頭，拉長一張臉，彷彿在為他感到難過似的。我不認為他注意到我什麼話都沒說。

下午點名時，氣音加咳嗽策略再次成功。早上因為發放學校文件及課程表，所以時間有點趕。午休後時間比較充裕，我們的導師奧修先生便做了詳細的自我介紹。他告訴我們他吹小號，養了一隻叫「特倫斯」的哈巴狗。他把小號帶來借我們看。我很喜歡它冰冷而光滑的感覺，壓下活塞的手感好極了。它比我想像的重得多。他喜歡爵士音樂，並且主持一個名為「奧修先生音樂俱樂部」的社團，你可以每天午休時去那裡聽音樂，玩桌遊。我心想或許我也應該參加。

當我正想著中學的第一天過得真不錯時，我聽到他說：「現在你們都認識我了，我也想要了解你們。」天啊！頓時，一種可怕的感覺在我心裡升起，我知道接下來會怎麼發展。

1 Friend，朋友之意。

2 Fart，放屁之意。

「那麼下週一，」他繼續說：「我希望你們每個人都從家裡帶一樣東西來，說說關於自己的故事。」我愣住了，呆呆的瞪著他。我無法相信他正在說的話。「我給你們幾天的時間考慮一下想說什麼。告訴我們是什麼造就了你們，讓你變成現在的樣子。」

這不是真的。怎麼會發生這種事？我只要開口說兩句話，新學校的每個人都會知道是什麼讓我變成現在的樣子。我打算一直保持沉默的！我一點都不想拿東西來自我介紹！

應該讓我有所選擇的，不是嗎？就好像艾許在小學時自願切開豬的眼球，他沒必要那麼做，只要他想停就可以停。對我來說，在大家面前說話就像切開豬眼球一樣恐怖。只要我不想，我就應該不用開口。我開始恐慌，我想大聲尖叫，「不！你不能強迫我。我不會去做的！」不過，我顯然不能說什麼，只能低下頭，雙手握拳，全身發抖。

我無法在班納代爾中學當一個全新的人了。在我有機會擺脫口吃之前，只要我上臺說了話，就一定不行。根本不可能。

我需要一個新的計畫。

第4章

Q為什麼泰迪熊對烤蘋果奶酥說不？
A因為它的肚子已經塞滿了。

為了慶祝我正式成為「班納代爾男孩」，開學當天，麵包奶奶邀請我們去她家裡吃晚餐。她親手做了我最喜歡的烤蘋果奶酥。我們以前就和一般人一樣，直接稱呼她「奶奶」。但兩年前，我們在餐廳吃午飯幫爸爸慶生，小克洛伊聽到奶奶點了全麥麵包（granary bread）來配湯時，她笑得停不下來。她以為奶奶點的是一份「麵包奶奶（granny bread）」，所以從那時起，我們就叫她「麵包奶奶」。

我以前每週二放學後都會去麵包奶奶家。每週日在我足球比賽結束後，她也會來我們家裡。

吃完烤蘋果奶酥後，我們全擠在碎花布沙發上，拿著塑膠杯喝特濃利賓納黑醋栗汁，一起看重播的《超時空奇俠》影集。有血腥鏡頭出現時，媽媽就會伸手去遮克洛伊的眼睛。其中一位童星看起來很像我的同學史凱拉。

「她看起來很像你們班那個很邋遢的女孩，比利，她叫什麼名字？」麵包奶奶說。

「史凱拉。」

「你們兩個應該很高興在新學校至少有個認識的人，不是嗎？」

「大概吧！」我回答。「我今天沒和她說到話。」我當然沒有告訴她，事實上我今天沒和任何人說過話。

不知道為什麼，我和麵包奶奶說話時不大會口吃，尤其是只有我們兩人交談時。以前每週二媽媽會來學校接我，載我到奶奶家，再帶克洛伊去上體操課。我們會一起玩撲克牌和拉密數字牌。現在我上了班納代爾中學，爸爸也不常出差了，我不知道還能不能像以前那麼常去奶奶家。希望還是可以。

麵包奶奶總是很專心的看著我，認真的聽我說話。她絕對是「服務生型」的。她告訴我，她的眼睛和耳朵已經逐漸老化，所以在我說話的時候，她必須百分之百的集中精神。

她一直獨居，至少這十幾年來都是如此。爺爺在我出生之前就過世了。奶奶說他是「一個脾氣不好的老頭子」，所以我認為她不至於太想念他。不過我確實認為她一定很孤單，畢竟她只有一個人，而且她的公寓相當熱。不知道她整天都在做什麼。我想她真的很喜歡每週二和我相聚。

我們通常在打完牌後，一邊喝茶，一邊播放錄音帶，聽她最喜歡的音樂，然後一起看《藍色星球》。我們最喜歡的是有小飛象章魚的第二集。牠有著像卡通小飛象一樣的巨大耳朵，還真的用那對耳朵拍打移動，所以才有這樣的別稱（當然牠實際上不會飛，只會游泳，但看起來真的很像在飛翔）。麵包奶奶超愛牠的！「多麼奇怪的生物啊！是不是，比利？不過很漂亮。最奇怪的生物往往最美妙，不是嗎？」

當有人像麵包奶奶那樣看著我時，感覺很好。停下手上在做的事，正視我，傾聽我。像媽媽就是個反面教材，她老是在準備晚餐時，一邊聽收音機，一邊幫克洛伊複習拼字，還要假裝對我說的話感興趣。當然，即使你全心全意的看著我，我仍然會結巴，可是我很喜歡被傾聽的感覺。

麵包奶奶喜歡我的笑話。每次見到她，我都會說一個新笑話給她聽。她是任何人夢寐以求的最佳觀眾。如果我沒有這該死的口吃，我會想當一個單口喜劇演員。這個夢想，我只告訴過麵包奶奶。如果有人問我：「你長大後想做什麼？」不知為何，大人們似乎總喜歡問這個蠢問題。我會回答：「會計員。」因為這個答案很快就會讓他們閉嘴。我曾經答過一次「公車司機」，接著大人們問了我各式各樣關於汽車的問題。我對汽車一點興趣都沒有，所以我問媽媽史上最無聊的工作是什麼。我甚至不知道會計員的工作到底要做什麼，她只說要和很多數字打交道，對我來說聽起來並不無聊，因為數學是我最擅長的科目。但這個回答可說是解決了我的麻煩。我絕對不能說實話。想像一下，如果我說：「我想要成—成—成—成為單—單—單—單口喜劇演員。」他們臉上會有什麼樣的表情。

我還記得我終於領悟到它永遠不可能發生的那一刻。一個週二晚上，我和麵包奶奶剛吃完晚餐，一起坐在沙發上，準備收看《藍色星球》。打開電視後，螢幕上出現一個單口喜劇演員，正在表演他的狗喝馬桶水的橋段。我以前從未在電視上看過單口喜劇演員；我甚至不知道那是一份正式的工作。他講的並不是我從書中看來的笑話，而是實際上發生在他身上的有趣故事。臺下人山人海，俯仰大笑，不時有人擦拭笑得太過而流出的眼角淚水，他就站在舞臺豔麗的紅色絲絨布幕前。我簡直難以置信。

我和麵包奶奶坐在一起，想像自己站在舞臺中央，像他一樣，流暢的說出想說的一切，完全不會卡住。觀眾歡呼雀躍。可是那是不可能的，光是幻想都愚不可及。我甚至對自己居然敢去想而感到生氣。麵包奶奶看得出來我的情緒一下子變得很低落。

「我希望有一天能看到你像他那樣表演，比利。」她說：「講笑話，讓人們開懷大笑，我想趁我還能看見時親眼看到。如果有那一天，我告訴你，我一定會非常開心。」

我和她勾小指頭，承諾會努力做到，將來特地為她表演一場。她凝視我的眼睛，一邊咯咯笑，一邊看著我伸出小指，示意她將滿是皺紋的小指與我的相勾。我重複唸著：「打勾勾、打勾勾，沒做到就變小狗。」一遍又一遍，她很快的也加入一起唸，我們越唸越大聲，直到兩個人都忍不住哈哈大笑，笑到停不下來。

「喔，比利，我們就是一對呆子，不是嗎？」她說，從眼鏡下擦掉一滴眼淚。我很愛麵包奶奶，她有時就像個孩子，對很多小事都感到興奮。無論如何，既然我和她做了勾小指頭的承諾，我就必須遵守。我不知道我要怎樣才能為她做一場單口喜劇演出，但我一定會做到，即使只是在她那悶熱的客廳裡。我從那天晚上起，便開始在YouTube上看單口喜劇演員的影片。我不知道居然有這麼多人以此為工作、賺錢並靠它維生。發現這一點讓我更想以它為目標。

今晚，我試著在她沒注意到時，將最新的笑話融入閒談之中。這是讓人驚喜的最好安排。尤其對象是麵包奶奶時。

「麵包奶奶？」我裝出隨口說說的樣子。

「是的，親愛的？」她隔著眼鏡看我。

「昨晚我做了一個被鯊魚襲擊的惡夢……」

「喔，親愛的，是不是因為我們看了太多《藍色星球》，你才會做惡夢？」

「不是，沒關係的，等我醒來，我才發現那不是鯊魚，而是鯛魚[1]。」

她笑得前俯後仰，笑得厲害到我很怕她會被食物噎住。我不禁想像如果麵包奶奶因為自己講的笑話死掉，我該怎麼辦。

吃完飯回到家，我才想起我還有一個必須趕快想辦法擺脫的大麻煩——下週一上臺講述關於自己的故事。又到了需要列新清單的時候了。

「擺脫自我介紹演講的辦法」

1. 下週一早上嘔吐或假裝嘔吐。
2. 在上臺前二十四小時內骨折。
3. 在開始上課前觸動學校警報系統。

---

1 鯛魚英文為 bream，這裡將它當成惡夢「bad dream」的合體。

4. 寫信給當地報紙投訴學校毀了我的人生。然後讓他們發起一個名爲「停止演講」的倡議團體，並在下週一早上的學校外，一邊高舉標語，一邊高呼口號遊行，直到學校讓步。

5. 假裝自己遭到綁架。

6. 離家出走。

我也曉得裡面有些想法還算可行，有些卻太過天馬行空，但你要知道我可是在為自己能不能活下去而戰。也許在我開始進行清單上的項目之前，我應該試試比較不會鬧出大動靜的辦法。像是說服媽媽去找奧修先生答應我不必上臺。至少聽起來比清單上的更有道理一些。在耶誕表演毀了我整個假期之後，媽媽告訴學校老師，如果我不願意，不要強迫我在復活節表演時上臺。我當然不願意，於是我最後負責用 iPad 播放全部的音樂，很適合我。所以說服她相信下週一的演講不是一個好主意，應該不會太難。我只需要讓她看到情況將會有多糟糕。

我的計畫如下：接下來幾天裡，我會變得越來越沉默，而且不吃布丁。我很喜歡布丁，所以媽媽肯定會發現我有心事。當媽媽問我怎麼了，我會說：「我不知道。」然後維持這種情況直到她真的非常擔心為止。最後她會開始向我套話。當她提到學校時，我會愣住，用手摀著眼睛，低下頭，讓她知道她猜對了。

接下來就是整件事最棒的部分了，當她終於從我口中得知真相時，她會認為下週一我不上臺演講是她的點子，而不會認為是我的想法！然後她會寫一張紙條讓我在下週一帶去學校。我會同意她的作法，用悲傷而安靜的聲音說：「如果你覺得這樣比較好的話」，並在她做飯時握住她的手。啊！我已經感覺好多了。有時，你需要的只是有個計畫。

第5章

Q為什麼臭屁都沒辦法讀完中學？
A因為它們最後總會被退學／排出[1]！

已經有人注意到我了。我知道這無法避免，但我以為不會這麼快，應該還要很久。到目前為止，在學校說的唯一一句話是奧修先生點名時的「是的，先生。」一整天，我就說了四個字。我在學校待了兩天，所以總共說了八個字。我知道你在想什麼——「這孩子的數學真好！」我知道、我知道。無論如何，你會以為我機能不足的嘴脣只說了八個字，應該沒事才對。可惜不是。顯然學校的運作方式並非如此。

今天早上，上學第三天，我同樣坐在亞歷克斯隔壁，和昨天一樣。我們一邊等待鐘聲，我一邊拿鉛筆偷偷的在大腿上敲擊節奏。我面對著窗戶，確定沒人看得到我。我敲得很用力，所以大腿有點痛，可是我很喜歡。我正在練基本打點，簡單說就是練習擊鼓的基本節奏。

我在網路上找了許多不同的擊鼓節奏，再用鉛筆練習。在說服媽媽改變主意買爵士鼓給我之前，我必須先以其他敲起來不那麼吵的東西代替。我還以為所有的父母都應該鼓勵孩子學音樂。說不定我是個神童，只是我沒有機會發現。嗯，至少用鉛筆是注定發現不了的。

當我聽到奧修先生叫「比利．普林頓」時，連忙抬起頭來，從語氣判斷，他肯定叫我兩三次了。我太過專注敲擊，不但沒聽到鐘聲，甚至連他走進教室都沒看到。我驚慌失措，完全忘記氣音加咳嗽策略，最後唱歌似的結巴回答，「是—是的，先—先—先生。」聽起來像噪音，而非回應。大家咯咯笑了起來，我可以感覺到耳朵在發燙。

在數學課時，我看到威廉．布萊克莫爾看著我。就像我有「霸凌者雷達」，他也有

---

1 Expel二同時有退學和排出氣體的意思。

「霸凌對象雷達」，而且明顯已經啟動。午休鐘聲一響，每個人站起來離開，他轉身擋住我，不讓我走出教室。

「你－你－你剛說你叫什麼名－名－名字？」他大聲問。**他知道了，他想通了**。時間彷彿慢了下來。我有麻煩了。我不能**跑**，我也不能回答他。幾個人還在收拾東西，其中兩個轉頭看著我們。他們也知道布萊克莫爾不是好惹的，說不定心裡暗暗高興自己不是他欺凌的對象。我盡可能的拖延時間，當我不得不回應時……我只是聳了聳肩。

不用告訴我，我當然知道。當有人問你叫什麼名字時，聳肩似乎不是一個好辦法，但我別無選擇！他顯然對自己的新發現感到興奮，跨步走近我，身形更加高大。突然，我感覺一隻手放在我的肩膀上，伴隨著一個響亮而清晰的聲音。

「他叫比利．普林頓。」是史凱拉。「來吧！比利，我們走吧！」布萊克莫爾還來不及阻止，她就俐落的將我帶出教室，鑽進走廊。當我正要轉身感謝她時，她已經快步消失在走廊的另一端。我一邊走向餐廳，一邊大大的鬆一口氣，但我知道事情才剛開始。他現在知道我的名字了，而且救我的還是個女孩子，像布萊克莫爾這樣的人是不會輕易放過我的。希望我能在這天剩下的時間裡順利避開他，然後他會找到另一個霸凌對象，把我拋在腦後。

我獨自坐在餐廳最偏僻的角落，將假冒《勇者鬥惡龍》的口吃書擋在面前，盡快吃完午飯。我一個字也沒讀，只是一直從書的上方窺視，尋找布萊克莫爾的身影。要麼就是他忙著霸凌別人，連吃飯時間都沒有，要麼就是我剛好沒看到他。

我狼吞虎嚥的把薯條吃完，飛快衝出餐廳。待在走廊感覺比在餐廳角落危險多了，我立刻希望自己沒出來，還安全的待在書的掩護之後。到處都是人，身材高大的孩子成群結隊，擠在一起嬉戲。我不斷掃視走廊各處，尋找布萊克莫爾的蹤跡，但笑鬧的人群和高大的身材擋住視線，我無法看清每一個入口。我需要找到一個更好的瞭望點，找到一個更安全的地方。

當我匆忙走過學校表演廳時，突然發現我還沒有好好的進去看過它。去年我來學校參觀時，它正好在重建，所以不允許訪客進入。我停下腳步，從門上的小窗戶往內窺探，可以看到大大的舞臺。裡面沒有人，我打量四周，悄悄拉開門，偷溜進去。表演廳感覺很大，聞起來和學校其他地方都不一樣。盛大華麗。我瞬間覺得好多了，這裡感覺就像一個安全的地方。

紅色的布幕和我在麵包奶奶電視裡看到的一模一樣，巨大的垂掛絲絨鑲著耀眼的金色飾邊。我走到中間的座位，將椅墊推平，坐下來凝視舞臺，想像所有在上面表演過的人，然後我幻想自己充滿信心的走到舞臺中央。清楚流利的說話。享受自己的演出。

「我爸爸總是說以牙還牙，用火打火[2]。」想像中的我在舞臺上大搖大擺的走動，手裡拿著麥克風，觀眾拉長耳朵聽我說的每一句話。「這大概是他為什麼會被趕出消防隊的原因吧！」觀眾很喜歡，紛紛哈哈大笑，他們熱愛這個版本的我。我也很愛這個版本的我。在我的幻想中，我繼續說：「有一天我給了我最好的朋友一個巨大的火箭當生日禮物，你知道嗎？他開心得上了月球。」

我對自己微笑，感覺心跳慢了下來，肩膀也放鬆了。四周好安靜。我閉上眼睛，吸入劇場的味道。我幾乎可以感覺到想像中來自觀眾的溫暖，聽到他們遙遠的笑聲，還有熱烈的掌聲。然後上課鐘響起，將我從白日夢中驚醒。

就在我走向門口，即將返回現實世界前，看到布萊克莫爾的頭從門上的小窗掠過。我迅速低下頭，祈禱他沒看到我。心跳再次加速，肩膀聳高。這不是我想像的班納代爾中學生活。躲藏，害怕，孤單。

回到家，我拒吃布丁。媽媽拿出冰淇淋。當我搖頭把碗推開時，媽媽表情怪異的看了我一眼。她知道我喜歡覆盆子漩渦冰淇淋。儘管我知道我的布丁計畫會奏效，但心裡還是掛念著布萊克莫爾的事，無法集中精神。

躺在床上看向時鐘，已經過了十二點，但我的腦子還轉個不停。當我終於睡著，夢裡卻看到布萊克莫爾用手指著我，哈哈大笑，笑得彷彿永遠都停不下來。我正在臺上做自我介紹的演講，奧修先生和全班同學都在，全部的人不遺餘力的嘲笑我。剎那間，我驚醒了。

2 英文俗語中，「Fight fire with fire.」就是以牙還牙的意思。

第6章

Q什麼東西在海底並且一直發抖？
A不安的沉船[1]。

我們先將克洛伊送到學校，才去看我的語言治療師。畢業後又回來從前的小學，感覺真的很奇怪。看起來好小！我感覺現在的自己和念小學的自己是完全不同的人。

克洛伊現在三年級，早自習時媽媽還會陪她進教室，聽她朗讀。我很開心我總算不必再經歷那種折磨了。那真是我最糟糕的惡夢。大聲朗讀！以前有位女士會在每週五來聽我們朗讀。她喜歡將多條領巾互相纏繞，戴著的垂墜耳環重到將她的耳垂拉得好長。只要我一卡住，她就會說：「深呼吸」、「放慢一點」之類的話。即使這兩種行為理論上都應該會對口吃有所幫助，實際上卻只會讓我的狀況變得更糟。效果就像當媽媽因為要遲到了，或者有客人要來卻還沒整理好家裡，而壓力倍增時，要是爸爸叫她：「冷靜下來。」她就會對爸爸大吼大叫：「你叫我冷靜下來！與其叫我冷靜，你可以動手幫我，你這個只會動口不動手的懶人。」叫一個壓力很大的人「冷靜下來」，顯然不是什麼好事，即使他們真的需要冷靜。不過，人類是很奇怪的。

媽媽回到車上，「好了。我們走吧！」然後她壓低聲音說：「我們之後去咖啡廳吃東西好嗎？」我在她發動引擎時微笑點頭。

每次看過語言治療師之後，我們總會去「味蕾咖啡廳」吃熱呼呼的乾果小圓餅。媽媽說我們這麼做有點「不守規矩」，但我認為就是這樣才顯得味道更好。遇到治療過程不順利的時候，為了安撫我頻繁卡住的挫折感，她甚至會再多買一杯熱巧克力給我。

第一次看過語言治療師後，我的口吃消失了整整一週。我看得出來媽媽很興奮。

---

1 原文為 nervous wreck，又可以解釋成神經衰弱的雙關意思。

她認為這是一個奇蹟。我也那麼想。直到一週後，它再次出現。對有口吃的人而言，這實在是一件詭異的事（至少在我的案例上是如此）——它可以完全消失一段時間，讓我以為一切都過去了，以為我被治好了。然後，彈指間，它又回來了，逼得你非正視它不可。簡直可以榮登史上最殘酷笑話的第一名。

最糟糕的是，這個笑話還由我親自演出。我的大腦害慘了自己。我無法怪罪別人，不能將它歸咎於媽媽、克洛伊或游泳池。我有時真的很氣自己那一部分的大腦。我斥責它：「住手！停—停—停止！我不想要你再—再—再這樣對待我了！」我當然不會大聲說出來，但在我想像的世界裡，我斥責了它，強迫它離開。

我曾經對蘇說：「感覺很像我想叫我那部分的大腦滾開，不要來煩我。」她聽到後似乎很興奮，拍拍雙手，轉身拿了幾張白紙。「真是個好點子！」她叫我畫下我那部分大腦的圖，幫它取個名字，將它變成一個虛擬角色。我畫了一個插在棍子上的醜陋圓形生物，塗上棕色和綠色，並添上鬍鬚和大鼻子。我叫它鮑勃。然後蘇畫上一個對話框，問我鮑勃會說什麼。我寫下：「你無法擺脫我！我永遠都不會死。」

寫完之後，我不想再看見鮑勃。蘇叫我想像鮑勃收拾行李，然後我將它送走。可是，我並不想這麼做。我不想再想到任何關於鮑勃的事。這個活動占據了那天所有的治療時間。事後我忍不住一直想，如果我沒給她畫下鮑勃的點子，那次的治療我們本來應該做些什麼？

我有時會覺得，蘇其實並不知道該怎麼擺脫我的口吃。她總是在治療結束時問我：「你要預約下一次的治療時間嗎？」我覺得她心底大概也偷偷希望我會拒絕，因為看到我，便是在提醒她所做的一切都沒有效果，根本找不到解決之道。她說了很多次，我需要的是「管理」它，與它共存。嗯，我已經找到管理它的方法了，敲擊節奏、氣音說話或唱歌，只是並非每次都能成功。

每次接受治療時，我都會暗自希望她找到什麼新的神奇療法，也許是一種仙丹，讓我服用、走出她的辦公室後，再也不會口吃。在我們走進治療室前，我總會閉上眼睛許下那個願望。今天媽媽注意到了。

「你在做什麼？」當她看到我閉上眼睛，輕聲自言自語時，她問我。

「許—許—許—許願。」我回答。

「當然啦！趕快，我們遲到了。」她推著我進門。

可惜我們今天看到蘇時，還是沒有仙丹。她問起我的新學校，我試著假裝一切都很好，重複一些媽媽告訴她朋友的話。「上學時間很—很—很長，但我每天早上都及—及—及—及時坐上校車，我真的很喜歡我的導—導—導—導師，奧修先生。」看起來成功的回答了問題。媽媽露出燦爛的笑容，似乎她忘了實際上是她為我想出這些答案的。

我注意到大人好像很喜歡聽見你重複他們說過的話。蘇問我新學校其他同學的狀況，我提到兩個名字，告訴她我坐在亞歷克斯旁邊，以及和我上同一所小學的史凱拉也在那裡。我不說謊，但我也絕對不說實話。我沒有提到下週一的演講。我不想破壞我擺脫它的機會，因為我知道她會希望我上臺。她總是說我應該「抓住一切可以開口講話的機會」，因為「比利，你有很多話要說，這個世界需要聽到你想說的話」。

她看起來很高興我在學校一切順利，接著便拿出矽膠刺刺球和我們一邊互扔，一邊說話。我們花了二十分鐘輪流說出各類衣飾的名稱，並且盡可能說得越慢越好。當媽媽說「胸罩」時，我先是咯咯笑，然後開始笑得有點歇斯底里，彷彿永遠停不下來。我在想這種情況是不是真的發生過？我知道有人一輩子都在打嗝。真不幸，不是嗎？但是如果你笑得永遠都停不下來該怎麼辦呢？應該會讓你很不舒服、肚子痛吧？一想到肚子痛，我就稍微冷靜下來，我慢慢的說出「毛衣」，然後當媽媽想不出其他答案時，遊戲結束。蘇說我做得非常好。

每一次的語言治療，媽媽都會一起參加。爸爸去過兩次，但那個時間他通常要上班。他第一次去時，我看得出來他覺得房間裡太熱，也覺得自己體型太大。他身高一百九十三公分，很不喜歡狹小的空間。我認為他很高興之後他不必再去了。媽媽總是坐在角落裡，微笑看著蘇和我進行治療。我一直覺得在笑了一個小時後，她的臉一定很痛。

診療室裡有一面很酷的鏡子，就是那種人們可以看到你，但你看不到他們的單向鏡。鏡子上有窗簾，而它是我問蘇的第一個問題。她總是說沒人在看我們，「這就是為什麼窗簾是拉上的。」

今天當她開始談起「大軟軟」和其他角色時，我已經沒在聽她說話了。我想像著鏡子的另一頭可能會有什麼樣的人。穿著白長袍，戴著眼鏡，拿著手寫夾板，說話還帶外國口音的醫師。我想像他們會怎麼說我：「他是比利．普林頓。是我們見過最悲慘的案例之一。」然後蘇的聲音將我的注意力拉了回來，「比利，你聽到我剛剛說的了嗎？」我點點頭，看著她手上的資料。

治療結束時，房間的溫度變得很高，媽媽的臉熱成了亮粉色。我們預約一個月後回診的時間，然後去咖啡廳吃乾果小圓餅。就在食物上桌時，我想起了我的布丁計畫，裝出很傷心的樣子，伸手把它推開。媽媽臉上的表情彷彿知道我有什麼目的似的。我移開視線，在桌子下交叉手指，祈求一切順利。距離恐怖的自我介紹演講，只剩四天了。

第7章

Q一個盤子會對另一個盤子說什麼？
A晚飯放在我身上／我請客[1]。

開學後第一週，我幾乎什麼話也沒說。老師們似乎也還沒開始叫學生回答問題。我猜是因為他們記不住我們的名字。當我在地理課結束將書交出去時，格蘭特先生說：「謝謝，鮑比。」我只是微笑，轉身離開。有這麼多班要教，要記得每個人一定很難，尤其是那些想盡辦法當隱形人的孩子。我當然沒有糾正他。也許我就永遠當鮑比吧！

我的咳嗽加氣音說話技巧使用得越來越熟練，雖然我注意到史凱拉今天早上表情

1 原文是「Dinner is on me.」。

不大對勁的從素描簿後抬頭望著我。她是唯一知道真相的人，知道真正的我是什麼樣子。當我們目光相交時，我臉紅了，立刻避開她的視線。

午餐時，我看著她端了一盤薯條走到我的桌子旁。

「嗨，比利。」她說。

我驚慌失措，尷尬的朝她稍微揮了揮手，想假裝我已經吃完了，即使我的披薩還滿滿的蓋在盤子上，我的餅乾甚至還沒被碰過。我太快站起來，把椅子撞翻，它倒在地板上的噪音在大廳裡回響。大家都在看，所以我沒有將椅子扶起來就跑出餐廳。我的心臟狂跳，耳朵發燙。

我不想和她說話，以免其他人聽到我的聲音。我知道她幫過我對付布萊克莫爾，但我其實用不著她幫忙。我不需要任何人。我只需要在我擺脫口吃之前，保持安靜，不引起任何人注意就好，雖然不曉得需要多久。當我快步離開她身邊時，我不允許自己去想也許史凱拉需要我的事實。她每節課都是一個人坐著，我從沒看過她和班上其他女孩聊天。她幾乎和我一樣沉默。不過，史凱拉個性很強硬。我的意思是，她一拳揍上傑克．勞斯的臉！她一個人也會好好的，不是嗎？

我低著頭，屏棄任何想法，繼續往前走。沒吃飽的肚子在咕咕叫。我可以在做完清單項目，找到治療方法後，再去和史凱拉交談。我還在找那個花草茶，不過目前尚無頭緒。這個週末我們要去森寶利連鎖超市，希望能在那裡買到。

剩下的午餐時段和下午的休息時間，我四處閒逛。只要你一直走動，似乎沒人會注意到你總是單獨一人，不和任何人說話。我不禁在想會不會永遠都是這樣，說不定根本不會有人要求我開口。我想要永遠這樣嗎？說實話，是有點無聊。希望清單上會有幾個項目很快見效，讓我可以再次開始說話。我敢打賭，如果我告訴媽媽我已經一星期沒說話了，她一定不會相信。她總說我喋喋不休，嘴巴停不下來，但那是在家裡。家和學校非常不同。在家裡，很安全。

當一個沉默的學生，有利有弊。我會注意到許多其他人不會注意的細節。就像吃午餐時，我可以看到人們小心翼翼的選擇座位，誰可以接受和誰一起坐。今天，在史凱拉走過來，我不得不逃走之前，我看到我們班的雅斯敏正在猶豫要吃什麼，可是當她走向焗烤蔬菜時，另一個女孩拉長了臉，做出噁心的表情，所以雅斯敏只好改選義大利麵。然後我一桌一桌的掃視，到處都是在聊天的人，試圖表現出最好的自己。一邊說話，一邊將頭髮順到肩前或興高采烈的揮舞手臂。我看到幾個像我一樣獨自坐著、張大眼睛冷眼旁觀的孩子。如果我待在群體中，就不會注意到這一切，只會和其他人在一起，等待自己說話的時刻。這似乎就是每個人一直在做的事情，不相互傾聽，只是等待自己說話的時刻。

保持沉默的壞處是很可能因此惹上麻煩。今天下午要去上英文課時我迷了路，我沒像其他正常孩子一樣問人，而是繼續四處走動。當我終於找到教室時，老師顯然非常生氣。

「進來，看在老天的分上，到現在也應該知道路了！」我想表現出很抱歉的樣子，便努力睜大眼睛，聳了聳肩，但反而讓她更憤怒。「坐下！」她大吼。

我認為她說不定就是個總是心情不好的人。整節課她一直瞇著眼睛，嘴角不高興的下垂。

這週剩下的時間，我就在設法不在課堂外和威廉．布萊克莫爾產生交集下安全度過。星期三，當我必須利用下課時間趕緊跑到科學實驗室時，看到他也在走廊，正朝我走過來。我直接轉彎衝進最近的教室，一位穿著白色實驗袍的老師擔心的看著我。

「你還好嗎，年輕人？」他問，隔著眼鏡打量我。

想到我應該要回答他，我便立刻感到恐慌，趕緊拿出我的課表，指著它，裝出一臉迷茫的表情。我拿它遮住臉，慢慢離開教室，往走廊前進，感覺自己正置身畫質超級差的古老黑白默片裡，表情誇張，動作也誇張。我將功課表轉向，對著自己，假裝突然間找到了正確的方向，為了表現出有多興奮，我差點像老電影裡的人那樣跳起來，讓雙腳腳跟輕快的互撞。腦海中的畫面讓我不禁微笑。我當然沒那麼做，想像一下，那個老師看到我突然跳起舞的樣子。不、不、不，這絕對應該加入「不該做的事」的清單裡。

隔天的英文課，我感覺得到布萊克莫爾再度盯上我，等待著他可以出手欺負我的機會，所以下課鐘聲一響，我拔腿就跑。我有時會在看到他之前，就聽到他的聲音。他會對著走廊裡的人大喊大叫，或大聲唱歌，彷彿想讓每個人都知道他在哪裡似的。只要聽到，我也是立刻就跑，離聲音來源遠遠的，趕緊躲起來。我不敢相信我已經成功避開他整個星期，這不是我想要的中學生活，不斷的逃離躲避一個人，但事情不會永遠如此。

最後一節課的下課鐘聲終於響起，我走出校門，上了校車。當我癱倒在我通常坐的中段座位時，我吐出一口大氣，放鬆下來。終於週末了，我累死了。整個星期都要維持獨自一人、不能開口說話，還要想方設法的避開某人，實在不容易。尤其要避開的是你打從心底懼怕的人。

我回到家，媽媽提議我們出去慶祝我在班納代爾中學的第一週順利結束。我們把爸爸和克洛伊留在家裡，她帶我去市中心一家新開的美式餐廳——山姆大叔。我們選擇了綠皮高背沙發座，桌上的番茄醬放在做成迷你自動點唱機的架子裡。一個塗了紅色口紅、戴著牙套的女服務生走過來幫我們點餐。

「嗨！歡迎來到山姆大叔。請問要點些什麼？」我點了起司薯條——我沒說話，只是指著菜單，她立刻將它寫下來。

媽媽已經知道我有心事了。我整個星期都沒吃任何布丁。這個星期四的布丁是我最喜歡的鳳梨奶油口味，所以她知道肯定是出了什麼問題。當她問我要不要來杯奶昔時，我盡量裝出一臉悲傷，搖了搖頭。真不容易啊！我看著菜單上的照片——巧克力奶昔配冰淇淋，插上薄酥餅，淋滿太妃糖醬，看起來好吃極了。但我只能合上菜單，將它推開，專心想著我的計畫。媽媽皺了皺眉，卻什麼也沒說。這是布丁計畫即將收網的一刻。我感覺得到。

她喝完咖啡，擺出一本正經的樣子，深呼吸，我就知道她要和我「好好的談一談」了。我心裡想，我就是在等這個，她會問我，讓我說出下週一自我介紹演講的事，然後幫我擺脫它。不知道為什麼，我的頭腦開始考慮起一切她有可能說出的其他事情。如果她說的事和布丁計畫無關的話怎麼辦？不然，她為什麼表現得這麼嚴肅？終於她開口，

「比利，奧修先生今天打電話給我，他想讓我知道你在學校的狀況。」

「什—什—什麼？」我說：「為—為為什麼？」

「他說你整個星期幾乎沒說過一句話。」

「那又怎樣？」

「他甚至沒發現你有口吃，比利。」她說這句話時，看起來很失望的樣子。

在我去班納代爾中學上課之前，媽媽就想找機會告訴我所有的老師我有口吃的事。我告訴她我不想那樣，絕對不要。我不想看到我所有的新老師皺著眉，硬擠出笑臉。我不想更多人注意我。於是我告訴她，我會自己告訴他們，我告訴她，她需要「給我長大的機會」，她聽進去了。

「我們討論了下週一的自我介紹演講。」她繼續說。

喔，不——她知道這件事了。這不是我想要她發現的方式。我的布丁計畫被毀了，現在她會認為我一直在騙她。

「他—他他說說說—說—了—了—了了—什什麼—麼—麼—麼？」我問。光是想到自我介紹演講，就足夠讓我的口吃變得更嚴重。

「他說如果你不願意，就不必上臺說話。他說你可以拿一些東西去展示，但不一定要演講。」

我是不是說過奧修先生是個好老師？嗯，就在這一刻，他從好老師升級成有史以來全世界最好的老師。我將頭後仰，向空中揮舞雙拳。太棒了！任務完成！可是媽媽卻還有話要說。

「但是，比利，我和你爸爸，還有蘇討論過。」她看著手上的空杯子，繼續說：「我們都認為讓你上臺對你可能會有很大的幫助。能讓你面對你的恐懼。蘇說如果你覺得有需要，可以趁著週末用視訊通話和她談談。它不會像你想的那麼糟，怎樣都不會。你不能繼續不說話，親愛的。無論如何，如果你是唯一一個不上臺演講的人，難道其他孩子不會注意到嗎？我認為如果你不做，可能會讓情況變得更糟。」她頓了一下，我知道接下來她要說的一定不是好事。「所以我告訴奧修先生，你會上臺試試。」

我的喉嚨感到疼痛和緊縮，彷彿我伸手掐住自己的脖子。眼睛開始蓄起淚水。我看著她，衡量我應不應該使用「核武器」。在爸媽強迫我做一些我不想做的事情時，我總是以「終極法寶」對付他們。是我自己想出來的。只要我在同一個句子中用了「壓力」和「不被聆聽」這兩個詞，我就能讓事情照我的意思進行，簡直像魔術一樣。在蘇說過「壓力和不被聆聽是導致說話不流暢的兩個主要誘因」之後，我就開始這麼做。不流暢是說話結巴的另一種說法。她還說過，為了減輕壓力，我應該「盡可能的在有挑戰性的情況下多說話」。不過很顯然在我試圖擺脫某些事情時，這句話沒有什麼用處，所以我通常只利用「不被聆聽」那一句。

我稱此作法為「核武器」。因為這是利用我的口吃來對付他們，感覺有點不厚道，所以我並不常使用。話說回來，如果我用得太過頻繁，他們可能會察覺，但這一次我想是非用不可了。其實只要他們不再強迫我做我不想做的事情，我就永遠不需要用它了，不是嗎？

我上一次使用「核武器」是媽媽為了慶祝克洛伊生日，安排全家一起去騎馬的時候。我連待在她滿是小馬絨毛娃娃的房間裡都無法忍受，怎麼可能會想騎上活生生的馬？他們一直告訴我，我會喜歡的。為什麼總是有人要叫你嘗試一些你顯然很討厭的東西呢？例如馬麥醬或酪梨，我怎麼可能喜歡？我實在非常討厭這種強人所難的行為。像媽媽老是叫我吃小黃瓜，次數多到我都記不清楚。事實上，我還真的把次數記錄下來，就釘在我的軟木板上，不過大約在第五十次後，我就忘了數。光看它長瘤的綠色外表就讓我覺得噁心，我一點都不想將它放進嘴巴裡！連它的名字聽起來都很可怕。小黃瓜。我得花很長時間才能說完這個詞。媽媽只是一次又一次的嘮叨著：「你可能會錯過你本來會很喜歡的東西！至少為我試一次吧！比利。來，試一下。」彷彿她無法相信居然會有人想法和她不一樣。最後一次她偷偷在我的番茄底下塞了一些小黃瓜，我便決定使用「核武器」。當我大喊：「你從來不聽我說什麼！我感到壓壓壓壓力非常大。」然後用力推開我的盤子。之後，她再也沒那麼做過了。我有一點內疚，可是如果我不這麼做，她就會不停的強迫我吃小黃瓜，所以我又有什麼其他選擇呢？

我深深吸了口氣，輕聲說：「媽媽，光是想到要站在全班同學面前，就讓我壓力非常大。」我停下來，再次深呼吸。「我覺得我說的話你沒有聽進去。」我為自己的表演完成度感到非常自豪，為了增強效果，我吸了吸鼻子，又擦了擦眼睛，才抬頭觀察她的反應。

不大對勁。我馬上就發現它沒起作用。它失去效果了嗎？我是不是用了太多次，就像敲擊節奏一樣？她看起來很堅定，嚴肅的說：「我知道這壓力很大，關於這件事的一切，我和爸爸都會聆聽任何你想說的話。但是恐怕我們只會堅持立場。你知道蘇說過很多次，長遠來看，避免說話只會讓情況更加惡化。你只需要用自己的方式來完成演講。你會做得很好的。」

我覺得自己快暈倒了。她聽起來從未像現在這般堅持。她面無表情，有生以來我第一次知道無論我說什麼，事情不會依照我希望的方式進行。眼淚開始從我的臉頰上滑落，我甚至沒有試圖遮掩。我想著在班納代爾的第一週過得有多麼可怕。總是在躲藏，總是一個人。我想著一旦所有人都知道我的祕密又會有多可怕，情況會變得多糟糕，眼淚順著我的臉流了下來。她伸手想握住我的手，可是我把手抽了回來。

「你無法永遠避開這些事的，比利。不能一直這樣，否則那會是怎樣的生活？」

「一個比現在這個更—更—更更更—更好的生活！」我尖叫。我不在乎讓餐廳裡的每個人聽到。我不打算保持沉默，在這件事情上不能。我側身離開沙發座，衝出餐廳，順手用力甩上大門。我可以看到媽媽努力的從桌子後面擠出來，拿錢包付帳，跟在我身後跑了出來，但是我的速度太快了。我衝出去，沿著商店間的小路往前跑。

當我知道她沒跟上時，我一路重重跺腳走到公園，在湖邊坐下，看著捕魚工人。淚水仍然流個不停，憤怒和恐懼充斥我的全身。想著除了我以外任何人的生活都比我的要好非常非常多。為什麼我就不能是個正常人？或者至少得的是大家都能理解的尋常毛病，例如：必須戴眼鏡，或者腳上長病毒疣之類的。戴眼鏡至少還有裝飾效果，不是有些人甚至會戴沒有度數的眼鏡嗎？可是沒有人會假裝結巴，是吧？你會以為也沒有人想得病毒疣，然而事實上，艾許在小學時曾經得過，所以在上游泳課時不得不穿一隻很怪的襪子。我覺得在游泳池裡穿襪子實在太酷了，所以我也假裝得了疣。當媽媽仔細觀察我的腳，她發現那只是我用麥克筆畫在腳趾上的點，搖了搖頭，說我是「非常奇怪的生物」。沒錯，我就是一個非常奇怪的生物。我敢打賭，整個地球沒有人願意和我一樣。

雨滴開始落下。我意識到自己不能整晚都待在這裡想病毒疣。距離太遠，不可能一路走回家，而我又不曉得可以搭幾號公車。我在背包裡翻找手機，可是我知道它不在那裡面。

大多數孩子都喜歡隨身攜帶手機，但我討厭。打電話對我來說是最折磨人的事情，它會讓我的口吃惡化十倍，所以即使只是將手機帶在身邊也會讓我壓力大增。一想到它如果響了，而我不得不回答，就讓我遍體生寒。電話另一端的人只會聽到我沉重的呼吸聲，看不到這一端發生了什麼。就連別人的電話響，都會讓我心跳加速。我一直覺得他們可能會將手機遞到我面前，然後說：「他們想和你說話。」即使是陌生人的手機響也一樣。我和蘇談過這件事，她告訴我討厭打電話是很常見的。這就是為什麼當我今天真的需要那個蠢東西時，它卻躺在家中抽屜裡，連電池都沒裝上。

我想不出任何辦法，只好慢慢走回山姆大叔餐廳。在回程路上，我注意到有一家叫班尼斯的店。我跑去公園時，一定是因為太生氣了才沒瞧見。它是一家健康食品店——櫥窗裡擺著一大堆各式各樣的花草茶！我簡直不敢相信自己的眼睛。有時候，當有些事情發生時，你會覺得那是上天在給你暗示，你不能違抗，只能遵從。

我走進店裡，收銀臺後的男人用懷疑的眼光打量我，彷彿認為我是進來偷東西的，尤其是在我翻找背包裡的零用錢時。我確定錢在裡面，我記得我把它放進去了。我翻找的動作越來越大，不禁慌張了起來，開始胡思亂想，是不是乾脆動手偷茶，以證明這個人對我的懷疑是對的。最後我在一個很小的袋子裡找到了錢，我大大的鬆了一口氣，畢竟叫我偷東西的話，我還真是不擅長啊！

當我找到德國洋甘菊花草茶時，共有三個品牌可選，我不知道該買哪一種，所以我數了數我的錢，意識到我只買得起最便宜的那種。我完全可以接受。我將錢交給那人，將茶包盒扔進我的背包裡，腳步輕快的離開商店。

我簡直不敢相信這真的發生了。也許這是一個預兆，忘掉那個愚蠢的布丁計畫吧！搞不好它本來就是錯的。現在該是回到正規大計畫的時候了。喝花草茶，馬上擺脫口吃。剛好來得及下週一的演講，讓布萊克莫爾知道他錯了，他根本沒有理由霸凌我，一切都是他幻想出來的。然後我就可以開始講笑話給大家聽，成為一個正常的、受歡迎的孩子。

最後我回到停車的地方。媽媽一邊拿著手機講話，一邊在車子旁來回踱步。她看起來好像哭了很久，一見到我便緊緊將我抱在懷裡。

「你絕對不可以再這樣對我，我非常非常的擔心。」她輕聲說，粗暴的揉了揉我的頭髮，在我的頭頂親了一下。我等著看她會不會再說什麼，但她沒有，她看起來並未改變對週一演講的決定。她上了車，我也坐上副駕駛座。突然間，我意識到我的臉應該很浮腫。

我們避免和對方有目光接觸，然後當她啟動引擎時，我說：「我……希望他們準－準－準準備好。那將將－將－將－將會是他－他－他他們一生中所所－所－所所見過最－最－最－最－最長的自我介－介－介介紹演－演－演－演講了。」

媽媽聽完哈哈大笑，以我前所未見的笑法。至少和我在一起時我沒見過。我看過她以類似的方式嘲笑過爸爸。當他為了參加新年派對打扮成一條魚的時候，她就是這樣笑的。但她從來沒有這樣笑我。以前當我講笑話時，她總是陪著我一起笑，笑的樣子像在幫我一個忙，或者像為了表演給外人看那樣。

不知道為什麼，這次很不一樣。我應該為她嘲笑我而生氣，但實際上我卻覺得心情很好。我逗她發笑了。感覺就像我喝了花草茶，擺脫口吃之後會有的心情。我想要像這樣子逗人們發笑。

我也開始大笑。我們笑了好久好久都停不下來。她擦擦眼睛，揉了揉我的頭髮，然後開車回家。我的手可以透過背包摸到茶包盒的形狀，讓我感到很愉快。我迫不及待的想回家，泡茶來喝。

第8章

Q為什麼有口吃的人就像茶包一樣？
A因為只有在水深火熱時，你才知道他們有多強[1]。

我們回家之後，爸爸把媽媽已經對我說過的、關於「逃避」的一切又再說了一回。當他倆都覺得自己必須親口警告我同一件事時，著實叫人抓狂，為什麼他們會覺得再聽一遍就能有所不同？硬要說重複一遍會有什麼效果的話，一定是讓我更聽不進去，因為聽第二次實在太無聊了。而且話說回來，他根本不在現場！所以當爸爸對我大吼大叫時，我的心裡只想著花草茶。我越快讓他相信我在認真聽訓，我就越快能去泡茶。我正視他的眼睛，裝出一臉非常悲傷而嚴肅的表情。當他終於住口，並開始看他的手機時，顯然認為我看起來已經好好反省了。

我偷溜進廚房，打開水龍頭，將水灌入壺內。這可能就是答案，能夠永遠治癒我的魔藥。水壺沸騰的鳴笛聲似乎比平時大些。我以前從未注意過它沸騰的樣子，為什麼突然間它聽起來彷彿飛機要起飛那麼響？我拚命在想，如果爸媽進廚房看到，我該說些什麼？他們知道我不喜歡喝茶，我之前試過一次，當我把茶吐到她最喜歡的裙子上時，媽媽簡直氣瘋了。還好他們沒有進來，我悄悄的從櫥櫃裡拿出畫了《星際大戰》人物的馬克杯放在水壺旁，那是艾許送我的十歲生日禮物。我想我的耳朵一定在捉弄我，打開茶包紙盒的聲音也是異常響亮，玻璃紙發出的沙沙聲猶如雷鳴。我假裝咳嗽，盡快把一個茶包扔進杯子裡，倒入沸水。

我將杯子包在套頭衫裡，覺得想到這個方法的自己真是聰明，然後走向我的臥室。當我正要關上房門時，我聽到媽媽在樓下說：「這到底是什麼味道？」我將鼻子貼在冒著熱氣的杯子上嗅了嗅。確實很臭，但完全值得。我閉上眼睛喝了一口。

1 Strong 同時可以指味道強烈，或是強壯、強大。

這是我所嚐過最噁心的東西。比我吐向媽媽的茶還糟，比艾許小學時讓我喝的魚缸水還糟（我們當時正在用長水管清理魚缸，他和我打賭我不敢拿它用力吸一口。我能怎麼辦呢？他故意激我，我不能不賭）。和這杯茶相比，魚缸水就顯得非常可口了。它甚至比麵包奶奶煮的加鹽而非加糖的熱巧克力還要糟糕。我告訴自己，這是值得的，並捏住鼻子，又喝下一大口。當沸水燙到我的嘴時，我感覺舌頭上所有的味蕾都受傷了。我應該像媽媽睡前泡薄荷茶那樣，在裡面加點冷水的。

我朝杯子吹了吹，等茶稍微涼一點，才慢慢的將整杯噁心的飲料喝完，然後我站起來面對鏡子，想試試看效果如何。

「這－這－這－這東－東－東－東西最－最－最－最－最好值－值－值得讓我燙－燙－燙－燙傷－傷－傷－舌－舌－舌頭。」我對鏡中的自己說，結巴得比平時更厲害。

我很失望，而且覺得自己真是太傻了。居然相信光是喝一杯花草茶就能改變一切。我不知道我的腦袋怎麼了。有時候，當你非常非常想要一樣東西時，你會允許自己相信它是有可能成功的，即使實際上一點機會也沒有。就像當國家代表隊參加世界杯足球賽時，全國上下陷入瘋狂，插上旗幟，大聲高歌，但事實卻是我們在第一輪就被淘汰出局。那種愚蠢的感覺實在太討厭了。對，就是希望，先懷抱希望，然後深深的失望。我討厭希望。

不過我決定死馬當活馬醫，繼續喝那個花草茶。距離週一演講還有三天。也許多喝幾杯，效果才會顯現。

隔天我又拿出花草茶，再泡一杯，坐下來為即將到來的演講打草稿。我呆坐在書桌前。寫作對我不是問題，事實上，我很喜歡寫作，喜歡書寫的感覺。喜歡有人讀著我的字，聽到我想說的話的感覺。仔細聆聽，中間沒有任何阻礙。可是寫下一些自己必須結結巴巴大聲唸出的東西，卻又不同於一般寫作。令人心驚膽寒的不同。我推開面前的白紙，啜飲一口茶，它的味道嚐起來簡直像汙泥。

我強迫自己喝了八杯，直到我再也吞不下任何一口。除了偷偷溜進廚房燒開水，我幾乎整天都沒離開寢室。在第三杯之後，我不再走到鏡子前測試它的效果，只是保持沉默。顯然沒有作用，我無法忍受再看見自己的影像，聽到自己愚蠢的聲音。

那天晚上，我拿著白紙坐下，計劃我下週一可能要說的話。我全身發熱，雙手開始顫抖。這可不是個好兆頭。我很清楚自我介紹絕對會砸鍋。我抬頭看著軟木板，一眼瞧見「擺脫口吃的方法」清單正刺眼的釘在上頭。我看著所有的選項，逐個檢視，憤怒的將它們一一劃去。

1. 對著鏡子練習只會讓我更討厭自己。

2. 這本愚蠢的書毫無意義，它用了許多我不明白的詞，艱澀難懂，而我能理解的部分基本上都在說：「你要習慣自己有口吃。」根本不是解藥！

3. 花草茶不但沒用，而且臭死了。

4. 祈禱蘇會找到治療方法是不切實際的妄想，更何況我還要再過三個星期才會見到她。

然後，當我潦草的寫下幾句話時，我想起媽媽在餐廳說過的話：「你可以和蘇在週末視訊通話。」我抬頭仰望天空。

「求求你，語言之神，不管你是誰，請讓蘇找到解藥吧！」

我跑下樓，從抽屜裡拿出我的 iPad，直接回到房間。蘇從很久以前就一直想用 Skype 和我連絡。她認為視訊通話對我害怕講電話的問題，是個好的切入起點。她給了我她的 Skype 帳號，告訴我：「在預約治療的時間之外，你若有問題或想討論什麼事，就打給我。我會盡力幫忙。」

我壓下通話鈕，看到我的臉出現在螢幕右上角。有點像對著鏡子自言自語，然後蘇的臉彈出來，占據了大半個螢幕。「比利，你願意主動找我真是太好了！」

突然間，我覺得自己有點傻。我連要對她說什麼都還沒想好。我不能直接說：「嗨！蘇，我只是想問問，你該不會剛好在上週找到了什麼神奇療法吧？」不能這麼問吧？於是我妥協了，只是和她說了聲「嗨！」，然後讓她主導交談。我相信如果他們最近真的發明了仙丹，她一定會告訴我的。

「你媽昨天和我談過，她告訴我關於你的學校，以及下週一的自我介紹演講。」我點頭。我覺得眼淚似乎快湧上來，但我忍著，將雙手攥成拳頭。

「你決定好要帶什麼去給大家看了嗎？」

我搖頭。

「想一想你喜歡的東西，比利。想一想你希望別人了解你的東西。如果你分享的是那種你一想到，心中就會充滿熱情的東西，遣詞用字就沒那麼重要了。你明白我的意思嗎？」我點點頭，後悔自己和她連絡。根本就沒有治癒方法，也沒有逃離的出路。

「使用我們在治療時學到的技巧，對著鏡子練習，即使只是幾個單字，一、兩句話，也會讓你覺得你準備得更周全。誰知道呢？說不定最後時間到了，你還不想下臺呢！」我不認為蘇真的明白我在現實生活裡口吃的狀況有多糟糕。在她小小的、有單向鏡的診療室之外的真實世界。我問過她是否曾有過口吃，她回答：「每個人多多少少都會遇上講話結巴的時候，但是我從未有過嚴重到會影響我生活的口吃。」無論如何，我還是得趕快終結和她的對話，所以我強迫自己說：「謝—謝謝，蘇。我很快—快—快—快就會再—再再見到你。」然後壓下結束鈕，讓我們從螢幕上消失。

我做不到。口吃肯定不會在下週一之前消失。我從軟木板上拿下那張清單，將它撕成碎片。當我的目光轉回軟木板時，看到了一行字：「擺脫自我介紹演講的辦法」。我一一掃視過選項，只剩一種可能性了。我抓起背包，開始收東西。

也許該是求助第六項的時候了。

6. 離家出走

我打包夠用一週的襪子和褲子，順手將復活節時藏在衣櫥裡的巧克力一起扔進去。我把睡袋塞進去，背上背包。當我站在二樓樓梯口想著如何偷溜出門時，聽到爸媽在廚房大笑，他們聽起來好開心。我躡手躡腳的爬下樓梯，心裡非常難過害怕。我偷偷的走到側門邊，悄悄的從放有牛相片的相框上緣取下備用鑰匙，它毫不費力的開了鎖，彷彿要讓我順利離家，無法再回頭。其實我還是有點希望他們會在我離開前發現，然後用力擁抱我，告訴我下週一的演講我不用上臺，甚至說我再也不必回去班納代爾上學，但我知道這是不可能會發生的，於是我走出屋子，踏入雨中。

我站在人行道上，發現不知道自己該去何處，於是我呆呆的站在原地，被雨淋得越來越溼。最後我在路邊坐下，雨水從我的脖子流進我的身體，浸溼了我的T恤。我連離家出走都做不好，我在心裡想。我回頭看著房子，思考不知道他們什麼時候才會注意到我不在家。我有什麼問題？為什麼我什麼都做不好？

我一定在那裡坐了差不多一小時，當我終於承認無法再撐下去時，我已經凍得瑟瑟發抖，每一寸身體都溼透了。還好我不是坐在公園長椅上，否則應該會感到更孤單吧？想像自己縮在長椅上的雨中睡袋裡，畫面實在太過淒涼。再這麼下去也不是辦法，我站起身，慢慢走回屋子。

我悄悄的開門走進去，聽到爸媽還在廚房裡說話。沒有人注意到我消失了。我就像個隱形人。我故意發出重重的腳步聲走到房間，也沒將背包放下就坐到床上。我聽到外面潑灑的雨聲。我躲不掉那個自我介紹的演講。反正我所要做的不過是站到全班面前，他們遲早會發現的，如果不是因為下週一的演講，也會是其他場合。我真是傻，怎麼會以為自己可以隱藏？我不知道該怎麼辦，但是突然間我只覺得精疲力盡。我只想好好睡一覺。我穿著一身溼透的衣服便躺下，什麼夢也沒做。

我一睡醒，就想到那個演講。我決定給花草茶最後一次機會，又偷偷泡了一杯端上樓。我啜飲著那杯令人作嘔的東西，看著面前空白的紙張。筆就放在紙上，等著我拿起來寫。我回想蘇說的話。我喜歡什麼？

然後，宛如閃電從天而降，我想到了。

想到一個好點子。

我放聲大笑。不可能就是這樣吧？這就是能夠解救我的東西？能讓一切都變好的東西？也許，只是也許，如果我能做到這一點，那麼一切都會改變。我不必再保持沉默。不必躲著布萊克莫爾和史凱拉。再也不用從餐廳、家裡跑出去。我總是在逃避。也許我可以停止逃避，開始面對所有的人，就像我現在面對鏡子中的自己一樣。

「你可以做到的，比—比利。」我告訴自己。這是很長一段時間以來，我第一次相信鏡中的自己說出的話。可能是因為那個花草茶，也可能是我的祈禱，以及和蘇的談話。我抓起書架上的笑話書和我最喜歡的綠色麥克筆，跑下樓去找厚紙板。想出計畫真是叫人興奮。如果不能在足球比賽前做完，我就利用晚上再做，即使必須熬夜都沒關係，反正只要在明天早上之前完工就可以了！

第9章

Q足球守門員最喜歡什麼零食？
A快煮豆[1]。

我知道，我看起來不像那種喜歡踢足球的孩子。事實上，我也不是。當初是爸爸強迫我參加球隊的。他每星期都會對我說同樣的話：「能當球隊中的一分子真好。」我則不那麼肯定。只有在球隊希望你是其中的一分子時，成為一分子才是好，不是嗎？我的球隊「霍特威爾英雄」卻別無選擇。他們球員不足，所以上個賽季爸爸主動幫我報了名，連問都沒有問我一聲！我們總是輸。我不是在開玩笑的。我們從來沒有贏過任何一

1 原文為「Beans on post」，on post又可以表示球擊中門框，沒有得分。

場比賽。上個賽季我們非常想得分，於是大家開始練習進球後的慶祝動作以鼓舞士氣。每場比賽結束後，我們都會花十分鐘為進球慶祝動作增添新的內容。由瑪莎後空翻開始，然後每個人加上自己的創意。我們一直到第八場比賽才得了第一分，那時進球慶祝動作已經發展得相當繁複，說是一整套的舞蹈動作都不為過。我運氣不錯，剛好輪到當守門員而逃過一劫。我可不想在最終比數為十比一大敗時，還因為那唯一的一分就和隊友在足球場上跳舞。

去年我們一起看了世界杯的電視轉播，爸爸因此萌生替我報名參加霍特威爾英雄隊的念頭。本來世界杯比賽時他一定會被派去拍攝，可是去年他沒有，所以對全家能在電視前一起看比賽感到非常興奮。整個過程很有趣。我們總是一邊大喊大叫，一邊吃洋芋片，他還喝了啤酒。我們做了一張很大的圖表，將每一場的最終比分寫在上面。

我很喜歡看足球賽，但不怎麼喜歡踢球。我不愛攻擊別人，更重要的是，我非常討厭被人攻擊。我總是避開球。這當然不是得分的好戰略，但至少可以完美的避免小腿骨折，所以我不認為這麼做有什麼奇怪的。

下列這些全是大人經常告誡小孩的事：

不要傷害任何人。

避免肢體衝突。

不要不問自取。

永遠要與他人分享。

不要對人大喊大叫。

然後，突然間，大喊大叫、用肩膀碰撞他人推開對方以「控制運球」全都成了可以做的事。「攻球」和「就位」很好，去吧！

所有的父母在看足球賽時都會變成流氓。我曾經聽到隊友傑伊·萊利的爸爸在中場休息時告訴他，他「太過客氣」（因為傑伊向被他撞到的控球球員道歉。可是這不是應有的禮貌嗎？）。然後我聽到他爸爸說：「把球搶過來。不要給他們機會！這不是他們的比賽，而是你的。」（這絕對是他們的比賽！我們那次可是以八比零輸了！）傑伊看起來不大相信，懷疑他爸爸正在騙他，於是他爸爸更進一步：「傑伊，有肢體衝突沒什麼。你不需要道歉。事實上，即使你對某人做了犯規動作也沒關係。」他似乎越說越興奮，伸出雙手緊緊抓住傑伊的肩膀。「完全無所謂。」我可以看得出來他有什麼重要的話還沒說出口，他環顧四周，低聲說：「你知道嗎？伙計。如果你對某人做了犯規動作，我給你五英鎊。」傑伊看看左右，確定沒人在偷聽，他小聲說：「爸爸，你是認真的嗎？」我低下頭，假裝在調整我的護脛。「是的。」他爸爸繼續說：「如果你對某人做了犯規動作，我給你五英鎊。去吧！兒子，上去。把握機會！」

當我告訴媽媽我聽到什麼時，她嘴上評論「真可怕的教育方式」，但同時她也笑了，所以我不知道她是不是認真的。傑伊下半場因為鏟球得到一張黃牌，我不知道他爸有沒有真的給他五英鎊，希望有。

當我們的教練發現我在比賽時總是表現得「太過客氣」時，他叫我去當守門員。在我們每週都輸球的情況下，你大概會認為那是最糟糕的位置吧？尤其是我的身高還是班上第三矮的。奇怪的是，我滿喜歡當守門員的。當我看到有人朝我跑來，時間彷彿就慢了下來，除了那顆球，什麼都不重要了。顯然我被踢進了很多球，但我也擋下了不少，而我的球門球踢得越來越好了，現在幾乎可以踢到中線了。其他人也覺得我挺不錯的，我想是吧！當然也有可能是他們不想當守門員，所以表現出對我很滿意的樣子，以確保我不會離開。

媽媽沒辦法再來看我比賽，她說這「壓力太大」。不過，爸爸卻很喜歡。他來觀賽時會一路大喊，「就是這樣！比利！守好你的位置！用力一點！」我不知道他為什麼要這樣大喊大叫，反正他說什麼又沒人會聽。怎麼可能一邊比賽，一邊學習新的踢球技術？這就像焗烤義大利麵放入烤箱後，才在做的人耳邊說應該怎麼做才會好吃，一切都已經太晚了。

克洛伊今天帶著她的啦啦隊花球來看比賽。我試圖禁止她，告訴她那會分散球員的注意力，於是她就哭了。媽媽說我很殘忍。我可以從眼角看到跳上跳下的粉紅塑膠球，聽到惱人的沙沙聲，令人心煩。感覺就像她是來為所有我即將犯下的錯誤歡呼。他們不會允許我到她的體操比賽扯後腿，所以我不明白為什麼她和她的啦啦隊花球就可以來這裡扯我的後腿。有時候真的很不公平，但爸媽似乎看不到重點。

當我坐在長凳戴上護脛時，我聽到有聲音從上方觀眾臺上傳來。

「嗨！比利。」是我班上的亞歷克斯，他穿著「畢斯頓流浪者足球隊」的藍色球衣。我一直把學校和足球當成兩個完全不同的世界，因此看到他出現在這裡，感覺頗奇怪。我不知道該怎麼辦，所以只是點了點頭，對他笑了一下。「我不知道你踢足球。」他說。

我不知道該不該回答他。我可以在校外講話嗎？我偶爾會和球隊裡的孩子交談，但他們已經認識我很久了。況且我不是發過誓要保持沉默嗎？幸運的是，他沒停下來，只是自顧自的繼續說：「我只當過後補，他們從不讓我上場超過五分鐘。我不怪他們，我上回登場時踢進了兩個烏龍球！一個還可以說是不小心，但是兩個？你就知道我有多糟糕了。」

我不假思索的笑了，聽得出自己的笑聲略顯尷尬。不過，笑沒關係的吧？至少笑的時候不會結巴。也許我需要將它添加到我的「說話而不卡住的方法」清單裡。唱歌、用氣音說話、大笑。我在心裡提醒自己，等我回到家，要對著鏡子一邊大笑，一邊說幾個字，看看效果如何。

「總之，祝你好運！我希望你的球技比我好！當心布萊克莫爾，他在球場上很狠。我其實慶幸自己上場的機會不多，我相信只要他抓到機會，很可能會對我做出犯規動作，即使我們在同一支球隊裡！」他自嘲的笑了兩聲。但自從「布萊克莫爾」從他的嘴裡吐出來後，我就幾乎聽不進他在說什麼了，我專注的掃視球場，恐慌的感覺從心底不停湧出。

威廉．布萊克莫爾穿著七號畢斯頓球衣坐在草地上，正在穿球鞋。我不知道他也踢足球！一個看起來年紀比他大一點，長得和他一模一樣的孩子站在布萊克莫爾身邊，眼睛直盯著手機。他和布萊克莫爾擁有相同的超大骨架和明顯的五官，但看起來更刻薄，一臉憤怒的皺著眉頭。我很肯定他們一定是兄弟。感謝上蒼，至少他不參加比賽。

當布萊克莫爾站起來時，我看到那個更刻薄的年長版本抓住布萊克莫爾的球衣背面，將他拉入懷中，給了他一個看起來很痛苦的緊緊擁抱，然後大聲說：「祝你好運，兄弟。去宰了他們！」然後用力的推他上場，並抬腿朝他的大腿後方踢了一腳，力道之大讓他差點倒在地上。

我看到亞歷克斯正望著我。我對他點點頭，躲到野餐長凳後面等著，假裝在穿球鞋，直到比賽即將開始，確定布萊克莫爾離得夠遠了，我才趕緊在他看不見的情況下，偷偷跑到球門。

幸運的是，他也是守門員，所以我們之間已經是球場上最遠的距離。一直到上半場結束，我們以十比零落後時，他才看到我。

「比利．普林頓！我就在想為什麼今天會這麼容易進球，原來你是他們的守門員啊！」然後他緊緊抱住我，用力到讓我喘不過氣來，又狠狠的拍打我的背。任何看到的人一定都會認為他真的很高興見到我。當教練叫我過去時，他放開我，然後在我離開時又狠狠的在我背上打了一掌。

當我回到球門，下半場開始的哨聲響起時，我仍能感覺到我皮膚上有個他手的形狀。他現在改在前場比賽，所以離我更近了。

我聽到克洛伊一邊高舉著啦啦隊花球，一邊用盡力氣大喊：「比利！比利！比利！」我非常希望她馬上住嘴。布萊克莫爾搶到球，開始模仿她：「比利！比利！」並快速的朝我跑來。我不知道自己應不應該試著把他的球擋下來。我不想惹他生氣。幸運的是，我不需要選擇，因為他把球踢得超高，從球門上飛了過去。他朝我走過來，這一次我無處可躲了。

「你踢球多久了？比利．普林頓？」我討厭他叫我名字的口氣，只是看著地面。「回答我。」他口水都噴出來了。我沒說話，滿臉通紅。「你是白痴嗎？為什麼不說話？」他說。這時球回到了我手上，等著我踢球門球。

當我把球放下時，裁判要求布萊克莫爾離開，給我足夠的空間。他走過來使勁的用肩膀撞我，假裝他是不小心的。他高舉雙手做投降狀，臉上裝出道歉的表情。我往後彈落地面，裁判吹哨，向布萊克莫爾出示黃牌。我抬起頭，看到亞歷克斯坐在板凳上對我露出悲傷的微笑，至少他沒有大笑。

「比利．普林頓剛才害我得到一張黃牌嗎？」布萊克莫爾扯開嗓子大喊，「別擔心，比利。我們明天學校見。到時候，我們再看看你有什麼話要說。」

第10章

Q什麼東西是教室裡的王者？
A尺[1]。

當我準備離家上學時，媽媽緊緊擁抱我。「我為你這麼做感到驕傲，比利。我知道這並不容易，但我們應付得很好，不是嗎？」我點頭。「你還沒告訴我你要講些什麼！」

我微笑著說：「我之─之後會告─告─告訴你。」然後拿起背包。

「我的男孩真了不起。」她很喜歡用這一類的形容詞：太棒了、極佳的、卓越的、精采的、驚人的。在她看來，我擔當得起這些讚美。然而，事實上，我真的不想當那麼

1 尺的英文為ruler，同時也有統治者的意思。

厲害的人。我只想做個正常人。

威廉·布萊克莫爾沒有帶任何東西來展示，所以隨手將鉛筆盒帶上臺，開始胡說它對他有多「重要」，然後將它扔到空中讓它落在地板上。他故意做個誇張的鞠躬，一些孩子看了哈哈大笑。

「嗯，謝謝你，威廉。」奧修先生說：「人們總是說你可以透過他們的……鉛筆盒來了解一個人。你一定花了很長時間才想出這個吧？」

「好幾個小時呢！先生。」布萊克莫爾咧嘴一笑。我在發抖。我盡量不去想布萊克莫爾在這之後會對我做什麼。

「接下來，」奧修先生看著他的點名簿說：「亞歷克斯。」

亞歷克斯向我們展示他的助聽器。他告訴我們，他在四歲時失去了聽力，他主要靠脣語判讀別人的話，但助聽器可以幫助他的左耳聽到一點聲音。

「可是，」他說：「如果你不看著我，我大概就聽不到你說什麼，不然的話就是我壓根不想理你！」

他說這話時，大家都笑了。他走向座位，和約書亞、馬修擊掌，並對我微笑。他看起來很自豪。這真是太棒了，我希望我能像他一樣。我深深吸了一口氣，想像自己吸入了一些他的信心。

其他人帶來的都是很普通的電腦遊戲、小時候玩的泰迪熊或寵物的照片。輪到史凱拉時，她向我們展示了一個原本屬於她小妹妹的小小銀手鐲。小妹妹出生一小時就去世了。即使我和史凱拉上同一所學校這麼久，我卻對此事一無所知。我覺得她敢公開談論它是一件非常勇敢的事。奧修先生眼眶都紅了，但史凱拉卻似乎還好，她說那是很久以前的事了。我對自己這麼緊張感到有點羞愧，連這麼悲傷的事她都能心平氣和的告訴大家，那麼我當然也做得到。

雅斯敏・歐瑞之後就輪到我。她帶來一張全家福照片，談論朋友對她有多重要，為什麼朋友也像她的家人一樣。最後她以雙手舉在胸前做了一個心形收尾。女孩們歡呼鼓掌。我將厚紙板夾在膝蓋之間，仍然害怕得發抖。

我真希望我不姓普林頓。因為點名簿依照英文字母排序，如果我的姓不是「P」

開頭，我就不會每次都排在很後面，也就不用提心吊膽那麼久了。

奧修先生等待雅斯敏坐好，才接著說：「下一位是比利？」他對我眨了眨眼，然後帶頭開始鼓掌。我站起來，慢慢走到前面，故意不去看威廉．布萊克莫爾的位置。無論多麼好的計畫，都無法消除他帶給我的緊張感。我將視線集中在奧修先生和史凱拉身上，因為他們正對著我微笑。我拿出我最喜歡的笑話書《九百九十九個兒童笑話》，把它拿起來展示給全班看。然後我舉起第一張厚紙板，上面用粗大的字母寫著：

「我的名字是比利．普林頓。我有口吃。」

我看到自己的手在顫抖，好像它不屬於我一樣。我放下那張厚紙板，拿起第二張，然後是第三張：

「我帶來了一本笑話書……」

「……我喜歡講笑話。」

教室裡好安靜。還剩五張厚紙板。

「不幸的是，

我今天不能講笑話。」

「當你無法流利說完一個句子時，

講笑話很困難。」

我聽到兩個女孩輕嘆，然後說「**啊！**」和「真可憐」。

「結束。」

我鞠躬，然後舉起最後兩張厚紙板。

「現在你可以鼓掌歡呼了……」

他們真的照做了！他們真的在用力鼓掌，還有人響亮的吹起口哨。我望向奧修先生，我有點擔心他會認為我在作弊，畢竟我只有展示，而沒有演講。我怕他會打電話給我媽媽，告訴她我沒有說話。可是他臉上掛著燦爛的笑容，所以我知道應該沒有關係。

我舉起最後的紙板。

「……那會讓我成為學校裡最酷的孩子。」

每個人都在為最後的紙板哈哈大笑，我再次鞠躬，走回自己的座位。亞歷克斯舉手和我擊掌，約書亞和馬修也是。我的頭昏昏的，耳朵發燙，不過感覺還不錯。人們真的笑了！我鬆了一大口氣，幾乎放下心來。我不必再隱藏自己有口吃的事實。

我抬起頭發現威廉．布萊克莫爾正盯著我看。我試著假裝沒看到，對自己撒謊，專注在這一刻，好好享受。現在最重要的是我做到了！我完成演講，而且做得還可以。不只還可以，其實是相當不錯，大家都笑了！也許下一次我可以試著大聲的將字唸出來。

奧修先生在我要離開時示意我留下，我們沉默的等待教室裡其他人走光。

「你感覺如何？比利？」他微笑問道。

「還可以吧！」

「你剛才做了一件非常勇敢的事，孩子……而且很有幽默感，令我印象深刻。」

「謝—謝謝。」

「現在，我得對你坦白一件事。雖然我教了這麼多年的書，可是我從來沒教過有口吃的學生，你相信嗎？」

我只是微笑的聳了聳肩，他繼續往下說。

「所以我需要你的幫助，可以嗎？如果你發現有什麼做法能夠讓你在學習上輕鬆一點，馬上告訴我，好嗎？或者有人做了什麼很討厭的事、找你麻煩的事，都讓我知道，好嗎？」

我沒回話，只是點點頭，腦子浮現出加油打氣型和服務生型兩種人的特質，但我知道我現在並不想向他解釋這些。

他以彷彿能讀懂我心思的眼神看著我說：「我知道一定有很多我沒聽過的東西，你大概也不想向我傾訴你的整個人生過程，不如我們這麼做吧……」他在辦公桌上東翻西找，拿出兩本小筆記本，一本封面上有藍色條紋，另一本則畫了爵士鼓，還印了「鼓」和「鈸」兩個字。

「選一本。」他說。

我立即指向爵士鼓那本。

「我就猜你可能會選擇那本。我見過你用鉛筆在大腿上敲擊節奏！你知道嗎？在吹小號前，我曾經打過鼓，只是打得不是很好，而且是好久之前的事了。但也許我可以利用學校的鼓教你一些打擊的手法，有興趣嗎？」

「有，請教我！」

「太好了。現在開始，如果你想到任何對我有幫助的事，請寫在這本筆記本上，好嗎？這不是作業，所以怎麼亂寫都可以，你要在上面塗鴉也行，想寫什麼就寫什麼。但只要想到任何點子，記得趕快寫下來，我會在每週課程結束時和你討論。你覺得如何？」

「好。謝—謝謝你，先生。」

我抓著新筆記本正要走出去時，突然靈光一閃，立刻停下，轉身。「事—事—事實上，先生，我現—現—現在就想—想—想到一件事。」

「說。」

「點—點—點名時……」奧修先生在我被卡住時耐心等待，「排在後—後—後面比較不—不好。」

他停了兩秒，想了想。「因為要等很久嗎？」

「是的，我寧願早—早—早—早被點完名，」我說，並迅速補上：「但—但—但—但也不想當第一個！」

「好，我明白了。不用擔心，這很容易解決。我會告訴你所有的老師，將你的名字在點名簿上往前移。嗯，也許我該把點名簿改成以名字而非姓氏排列，那麼你就會在很接近開頭的地方，其他人也會跟著移動，這樣一來，就不會只移動你一個人，也不會引人注意。聽起來不錯？」

「真的？」我說。

「當然，比利，這類的改變很容易。這就是為什麼我要你什麼事都告訴我。如果壓力很大，你在學校就過得不開心，也無法好好學習，不是嗎？我希望我班上的孩子都很快樂！」

「謝謝，先生。」我回應，低頭看著我的筆記本。今天發生的一切，簡直像一個又一個的奇蹟。

午餐時，史凱拉過來和我坐在一起。我覺得自己不需要逃跑了。

「我喜歡你的演講。」她一邊說，一邊往嘴裡塞了些洋芋片。她看起來真的很餓。

「我也喜歡你的，」我輕聲說：「關於你妹妹的事，我感到很遺憾。我以前不知道。」

「謝謝。我媽從那之後身體就一直不大好，她大部分的時間都躺在床上。不過我沒事，我可以照顧自己。」

我不知道該如何回應，但覺得自己已經說了點什麼，感覺還是不錯的，即使只是用氣音輕聲說。我們默默的坐在一起吃飯，我發現讓她坐在我旁邊的感覺很好。吃過午飯後，史凱拉沿著走廊往前走，我猶豫著是否應該跟上，但她沒有回頭，所以我便像往常一樣四處遊蕩。不過，今天有點不一樣。我看到愛抖腿的約書亞和高個子馬修向我走過來。

「嗨！比利。」約書亞走近時說。

「嗨！」我輕聲說。

「很棒的自我介紹演講。你做得非常好！」馬修說。

「謝謝。」每說一個字，我的聲音就比之前大了一點點。

「我也喜歡講笑話，」他補充道，「要怎麼讓松鼠喜歡你？」

「表現得像個瘋子[2]？」我輕聲回答，故意做了個鬥雞眼，手舞足蹈一番。他大笑，拍拍我的背。

「你懂吔！對了，我們和亞歷克斯約在音樂俱樂部碰面，你想一起去嗎？」

「我可能晚—晚—晚一點再去。」我咕噥著，他們揮揮手，一起走開了。

看著他們離去，我知道我不會去，至少今天不會，可是這並不重要，因為即使我仍然一個人在走廊閒晃，現在的感覺已經完全不同。我不再是個隱形人了。

2 瘋子的英文是 nut，同時又有松果的意思。

第11章

Q你聽說過整個左側都被切掉的那個人嗎？
A他現在一切都好／只剩右側了[1]。

第二天上歷史課，趁愛碧兒太太看不到時，布萊克莫爾將一張紙舉得高高的。上面寫著：

「每個人都為比比比利・普普——普林頓——頓感到難過」

1 原文為「all right」，雙關語。

幾位同學以生氣的眼神瞪著他，卻也有其他孩子開始用手遮住嘴，哈哈大笑。史凱拉一把抓過他手上的紙，撕個粉碎。

「史凱拉．諾金斯，你有什麼理由撕毀學校財產嗎？」愛碧兒太太人真的很好，但她嚴厲的聲音很嚇人。她警告人時聲音不大，可是效果遠比大喊大叫更好。

「沒有，愛碧兒太太。對不起。」

「嗯，別再讓我看到你那樣做了。」

當我將目光轉回布萊克莫爾時，卻發現他已經做了另一張新標語：

「史凱拉臭死了」

真希望我能為她把紙搶過來，同樣撕個粉碎。我的腦子裡浮現出史凱拉自己照顧自己，一個人吃晚餐，看著她媽媽躺在床上的畫面。他在之後的每一節課都高舉一張新標語。我試著不理它們，甚至不想去讀上面的字，但我無法控制自己。

「說—說個笑笑笑話來聽—聽聽聽吧！比—比比利」

「比比比利連說—說說話都不—不不會」

「比比—比利．普普普林頓喜歡邋—邋邋遢的史凱拉」

我吃過午飯，照例四處閒逛時，布萊克莫爾找到我，一把抓住我的手臂，拉著我穿過走廊，低聲威脅我：「不要向任何人告狀，普林頓。」然後自顧自的笑了起來。「哈哈，我忘了，你根本連說話都不會，不是嗎？」然後他把我推到男生廁所裡，掏出他的手機。

「你現在要為我做個小表演，比利。我知道你喜歡講笑話，所以不用擔心，這會很有趣的。把它當成你的第一場喜劇表演吧！放上 YouTube 一定會爆紅的。」然後他按下手機的錄影鍵，放到我面前。

我真的不知道他會叫我做什麼。我很怕他會叫我脫光衣服或喝馬桶裡的水，可是他說的卻是：「你只需要把英文字母從頭到尾唸一遍，比利，就這樣。等你唸完了，我就放你走。」他露出可怕的笑容。「但你要記住，你必須發音正確，唸得清楚明白。不不──不可以猶豫。」

我試著逃跑，但他馬上抓住我，用力把我推回去。我一點機會也沒有，布萊克莫爾的體型是我的兩倍。我站在那裡，全身發抖，不停流汗。如果我只是靜靜等待，什麼都不說，他應該會在我開口前就覺得無聊吧？「別讓我等，比利。」他一邊咆哮，一邊動手推我的肚子，力道之大讓我痛得彎腰。我決定照他的要求做，唸就唸，能有多糟？

「A，B─B─B─B─B……」

「喔，不行，比利……重新開始！」

接下來的二十五分鐘，我呼吸著帶尿味的空氣，聽他嘲笑我唸出的每個字母。每次都從「A」開始，這毫無意義，因為我知道自己永遠唸不到「Z」，可是卻無法停止。每一回的嘗試只會帶來更多的屈辱。最遠，只能到「D」。他終於覺得無聊了，順手把我推進一間廁所，轉身走開。我感到精疲力盡，只想回家爬上我的床。

放學時，爸爸在校門口等我。他從來不會到學校接我的，所以我馬上知道一定是出事了。他看起來一下子老了好多，而且面無表情。一開始我以為是因為我的關係。我做了什麼？我的腦海裡充滿各式各樣的思緒和惶恐。他看到布萊克莫爾上傳的影片了嗎？然後他彎下腰，握住我的雙手，直視我的眼睛。

「麵包奶奶住院了，比利。她中風了。」

當爸爸第一次說到中風時，我不知道那是什麼。不過，我從他說話的語調就知道那一定是不好的事。我在車裡一句話也沒說，他也是。我在心裡默數一路上看到的所有紅色汽車，共十四輛。如果我不數了，那麼我的大腦就會開始擔心麵包奶奶的病，所以我持續數下去。一回到家，我立刻在 iPad 上搜尋「中風」。

中風是一種會嚴重危及性命的醫療狀況，通常發生於部分大腦的血液供應被阻斷。

我看完後感覺更糟了。危及性命。

媽媽不讓我去醫院。「等到我們知道進一步的狀況，你才可以去。我得先看看她怎麼樣了。」她說。她看起來也是一臉疲憊的模樣。我想爭辯，想告訴她麵包奶奶需要我，我必須去醫院。但是當媽媽拿起手提包轉身走向門口時，我看到她悲傷的臉，我決定什麼都不說了。

爸爸說我可以繼續使用 iPad 直到媽媽回來，於是我穿上睡衣，跳到沙發上半躺在克洛伊身旁，開始看我最喜歡的單口喜劇演員的影片。但是在麵包奶奶病得如此嚴重時，我還在這裡看著別人講笑話，感覺很彆扭。我茫然盯著螢幕，腦海裡浮現布萊克莫爾嘲笑我、用手機對著我的臉的畫面。如果他將影片上傳了怎麼辦？我看了看克洛伊，確定她沒在注意我做什麼，她顯然一心都放在小馬卡通上了。我一邊搜尋影片，一邊祈禱它並未被上傳。我搜索他的名字、我的名字，以及我能想到的所有可能標題：口吃的孩子、口吃的字母、不會說話的孩子、好笑的口吃者、ABC口吃。當我發現我什麼都找不到時，暗自鬆了一口氣。媽媽現在已經夠忙、夠累了，我無法想像她如果還要處理我像病毒一樣傳播的被霸凌影片，會是什麼樣子。我坐在那裡，覺得自己已經到了極限，不知道該看些什麼。最後我決定看麵包奶奶最喜歡的那集《藍色星球》。我專心想著小飛象章魚，試著記住影片裡提到的細節，打算下次我看到她時告訴她。她會沒事的，她一定會沒事的。影片結束時，我點了重播鍵，讓它再次播放。克洛伊看見我的螢幕，突然大發脾氣。

「你為什麼還要再看一次，比利？你真煩人。」

「你和你的無無無聊小馬節目也很煩人。」我大喊，然後爸爸走過來告訴她該去睡覺了。

「那麼他呢？」她發牢騷。

「他比你大。」

「麵包奶奶呢？」

「有事的話，我會叫醒你們。」

「你你—你這麼說是什麼意思？」我問，「你的意思是如果她死—死死……」

「夠了！謝謝你，比利。克洛伊，請上床，現在，馬上。」她知道最好不要再跟爸爭論了，沒有任何意義。

終於在第三次播放《藍色星球》時，我聽到媽媽的車在屋外停下。我按下暫停鍵，穿著拖鞋跑出去。她看起來更累了。她將我領回屋內，當爸爸擁抱她時，她開始哭泣。看到她哭，我以為麵包奶奶肯定是死了，所以我也開始哭了起來，但她卻啜泣著說：「她還好，他們認為她會沒事的，只是小中風。」

我希望媽媽要哭也應該為更有意義的事情而哭！如果麵包奶奶沒事，她為什麼要哭？無論如何，我擦了擦眼睛，上前擁抱她。她看起來真的很需要人家擁抱。

隔天他們允許我去探視麵包奶奶。醫院聞起來很怪。進去和出來時都必須在手上擦一種又冷又溼的東西。它讓我擔心細菌，我不想碰觸任何東西。在醫院裡，需要開門時我便用手肘推開。媽媽說我像條怪魚，然後憤怒而低聲的警告我，就像她在超市裡斥責我和克洛伊試用過多降溫噴霧時那樣。

「按一次就可以了。不需要壓到十次！」她咬牙切齒的說：「我不是在開玩笑的，比利！」

麵包奶奶的隔壁床躺著一位老人，他不停的大聲呻吟：「幫幫我。」媽媽去幫他叫了一位護士，但即使在護士來看過他之後，他也還是一直那麼叫著，有點可怕。他正對著我，看著我說話。我是真的很想幫他，但我不知道該怎麼做。然後克洛伊開始害怕、哭泣，所以媽媽就先帶她出去了。

「你留在麵包奶奶身邊，比利。我帶克洛伊出去呼吸點新鮮空氣。」

我希望克洛伊不要回來，這樣我比較自在。我希望只有我和麵包奶奶在一起。我不想離開她，即使她依然很累，在我和她說話時會不時睡著。她穿著醫院的長袍，皺巴巴的手腕上纏著一圈塑膠識別環，看起來真的很老。她的臉色蒼白，不大能說話，而且口水不停從一邊的嘴巴流出來。看到她流口水讓我覺得有點尷尬。媽媽拿手帕幫她擦，所以當她和克洛伊離開後，我跟著照做。一開始感覺很怪，但後來就習慣了。

麵包奶奶的聲音很微弱而且含糊，剛開始很難聽懂她在說什麼。

「給我我—我講個笑—笑—笑話，比利。」她口齒不清的說。

「猜猜我昨天看到了誰，麵包奶奶？」

「誰？」

「每一個我用眼睛看過的人！」

我可以感覺到她在笑，她的眼睛裡充滿了淚水。然後我突然不明所以的哭了起來，我握著她的手，感覺她笑得發抖，眼淚就這麼從我的眼睛裡不停的流下來。她看著我，用力的捏了捏我的手。

「我哪兒也不去，比利。把眼淚擦乾，你還有更多的笑話要說給我聽呢！別擔心。來，跟我說說話，比利。」

然後她就不再說話，仍然握著我的手，只是聆聽。我告訴她關於學校的事，談論她喜歡的東西。我一遍又一遍的告訴她《藍色星球》裡的章魚。我告訴她牠們生活在多深的海裡，以及牠們有多麼的罕見。告訴她因為牠們生活的海域實在太深，所以至今仍沒人親眼看過牠們。

麵包奶奶曾說過：「牠們不浮出水面有點可惜。如果人們能看見牠們，一定很興奮。」我記得我當時想的是，如果牠們突然出現在海邊，人類很可能會尖叫或直接殺了牠們。人類不喜歡跟自己太不相同的東西，至少在我的經驗裡是如此。

和不回話的人聊天很困難。當我再也想不到話題時，我拿起她床邊桌上的書，讀給她聽。封面上畫了一棟被鮮花包圍的小木屋。我唸完一章，又講了一些笑話。她累得笑不出來，但她閉上眼睛，在每個笑哏出現時用力捏捏我的手，表示她聽懂了。

回程時，克洛伊在車上睡著了，我便假裝自己也在呼呼大睡。有時，當我想聽聽爸媽會說什麼的時候，我會這麼做。我將呼吸調整得恰到好處，媽媽以前可以辨認出我什麼時候在裝睡，我後來發現主要是因為呼吸。現在我每次都可以騙倒她。在車子裡，他們依然小心的低聲交談，不過我可以聽到他們在說什麼。他們說，麵包奶奶出院後可能不得不搬到療養院去住。

「護士告訴我，她很有可能會需要人幫忙處理所有的生活瑣事，像上廁所、吃飯之類的。」媽媽說。她聽起來憂心忡忡。

「嗯，我們再等等，看之後情況怎麼樣再討論吧！」爸爸說：「她是個女戰士，說不定很快就會恢復了。」

「他們說如果當初她中風時身邊有人，可以早點送她到醫院治療，情況可能不會那麼嚴重。我覺得很內疚，伊恩。」

我想像著麵包奶奶獨自在公寓裡中風，等著被人發現，頓時喉嚨一緊，差點落淚。於是我假裝我睡醒了，告訴媽媽可以讓奶奶搬來我們家，住在我的房間，我則搬去和克洛伊一起住。

「我會照顧她的。」我說。

媽媽笑著說：「這個想法很好，親愛的，但她沒辦法和我們住在一起。」

「為─為─為─為什麼不行？」我覺得她沒有認真聆聽我的話。

「因為，比利，我們只有一間廁所，而它在二樓。她沒中風之前，就已經不大能爬樓梯了。我不認為中風後反而會有所改善，不是嗎？」她看起來有點生氣，臉上又紅又斑斑點點，似乎下一秒就會哭出來。這時，我才想起來麵包奶奶是**她的**親生媽媽。

我時常會忘記這個事實，因為我一直覺得麵包奶奶只屬於我，我一個人的。我在想如果這件事發生在媽媽身上，我會有什麼感覺。如果我即將把她搬進一堆人在呻吟、氣味難聞的療養院，如果我不得不從她的嘴角擦乾口水。然後我的喉嚨又變緊了，於是我決定不再去想。

「對—對對不起，媽媽。」

「沒關係，親愛的。我知道這對你來說很難接受。她這麼愛你，你知道的，不是嗎？你和你的笑話照亮了她的生命。」

「是的。我知道。」我很認真的回答。我記得麵包奶奶坐在她的花布沙發上的樣子，心裡想著我和她勾過小指頭的承諾。

第12章

Q被困在紙袋裡的人叫什麼？
A羅素[1]。

大多數的午休時間，在吃完披薩、薯條、蘋果汁和優格（我和史凱拉現在每天都吃一樣的東西）後，我都會偷偷溜進表演廳，坐在空座位上。史凱拉曾經和我進來過一次，但她並不明白我們到底去那裡做什麼。

「你就呆坐在這裡？」

「是。」

「為什麼？」她問。

「我喜─喜歡看著舞臺。」

「有時候，我真的不知道為什麼我要挺你，比利！」她說，輕輕一拳打在我的胳膊上，將背包甩在肩上朝出口走去。然後她停下來叫我。

「也許將來有一天你可以**登上**舞臺，你這個怪咖！點名時見，哈比人比爾博。」

聽了她的話，我靈光一閃，想到個好點子。

當有人使用表演廳、在臺上載歌載舞時，我如果不是透過小窗戶看著他們，就是改找個安靜的地方看書。我盡量避免任何可能會要我開口說話的地方。午餐時間躲在圖書館還可以，或者樓梯下方有個沒人看得到裡面的死角，也是很好的閱讀地點。有時我還是會四處閒逛，透過藝術室的窗戶尋找史凱拉的身影，但永遠找不到。她不告訴我她去了哪裡。「不關你的事！而且，如果我們花更多時間在一起，大家就會開始談論我們，甚至比他們現在講的更多。」

在吃午飯時有人一起聊天真是太好了。事實上，要一直在課堂上保持安靜並不容

---

1 Russel，常見的英文男性名字，發音和形容紙沙沙作響的「rustle」一樣。

易，尤其是當我知道問題的答案，但又不想大聲回答的時候。所以到了午餐時間，我已經做好和別人交談的心理準備。我甚至開始用正常的聲音在她身上試驗新的笑話，而不用氣音講話。她是很好的觀眾，雖然還不如麵包奶奶，不過史凱拉總是能提早預測即將出現的笑哏，這一點倒是比麵包奶奶強。

「我今天學學學到了一些有趣的東西，史凱拉。」

「喔，又來了……什麼？」她一邊翻白眼，一邊說。

「你知道鳥—鳥在冬天為什麼會飛到溫暖的國家嗎？」

「所以牠們怕冷？」

「不，因為用飛的比用走的容易！」

她嗤之以鼻，收拾東西放進托盤。

「你的笑話會有講完的一天嗎？」

「永永永—永遠不會！」我大聲說，一邊裝出誇張的邪惡笑容：「嗚哇哈哈哈！」

一邊像個惡棍似的搓著雙手。她笑了笑，拿起托盤向餐廳門口走去。

我計劃利用今天的午休進去表演廳，實際站到舞臺上，感覺登臺的氛圍。到目前為止，我一直太過緊張，害怕看見空蕩蕩的觀眾席沉默的回瞪我。我走到舞臺側邊的臺階，但每一次在我試著踏上臺階時，我的心就怦怦直跳，兩隻腳動彈不得。每一天我都走得比前一天多一點，今天我終於走到了最後一階。只剩一步之遙，就在今天，我就能走上舞臺。心裡很是興奮。

我打算等我成功之後要告訴史凱拉。我以超快的速度吃完午餐，走出餐廳。威廉·布萊克莫爾站在走廊裡，靠在牆上，似乎一直在那裡等我。現在這已經變成常態，他簡直成了我專屬的跟蹤狂。這通常發生在午餐後，但有時他心血來潮也會在圖書館外，或下課時間來堵我。他真的是個很盡責的霸凌者，意志堅定，咬上了絕不鬆口。

他抓住我的肩膀，用力捏著，以可怕的聲音說：「說『對不起，威廉大人』。」

大多數時候如果周圍有人看到，就會挺身而出保護我，這當然很好。艾爾西和雅斯敏總是會斥退他，叫他不要欺負我。她們在自我介紹演講後告訴我，她們認為我「很可愛」，還有史凱拉自然也是站在我這邊的。上週他在資訊科技課後拿走我的背包扔來扔去時，史凱拉甚至搧了他一巴掌。她因此被罰，必須在放學後留校查看。我真希望有勇氣自己搧他一巴掌。布萊克莫爾對史凱拉也不友善，他說了許多侮蔑她家人的話。不幸的是，我今天環顧四周，不見史凱拉，也沒有其他人，所以我猜我沒有選擇，只能開始說話。

「請原諒我我—我，威廉大—大大人。」

當我終於快說完充滿屈辱的句子時，我試圖擠過他身邊溜走。他假裝笑得太厲害無法讓路，先狠狠的拍打我的背，又一把抓住我，說：「你實在太有趣了。謝謝你，比利。謝謝！」他用雙手緊緊握住我的肩膀，兩隻大拇指掐進我的鎖骨。我知道他不會放我離開。「現在，你你你你接下來想說什麼，呃，比比比比比—比利？」他冷笑。

就在他思索接下來要我說什麼時，他的一隻手從我的肩膀上移開，撓了撓頭。

我的機會來了！這一刻，我想成為哪一種人？留下來，再一次忍受霸凌的男孩？或者至少做點什麼表達反抗的男孩？

我小心翼翼的猛然往下一蹲，擺脫他的控制，快速逃跑。我不太喜歡跑步，但威廉．布萊克莫爾的跑步能力很差，我在體育課時觀察過，所以我知道我可以跑贏他。然而，這並不能阻止他試圖追上我。他離我不遠。我沿著走廊跑，心跳加速，眼睛充血，突然間我看到左邊一扇敞開的門，我急轉進去，用力關門。

我閉上眼睛，深深吸了一大口氣，聽見一個聲音說：「比利！嗯，真是華麗的入場方式。我很高興你如此激動的想加入我們！進來，進來！」這裡是奧修先生的音樂俱樂部，我都忘了！「時間剛剛好。」他繼續說：「我才解說完規則，正在找尋對手。你喜歡玩遊戲嗎？話說回來，我們也該好好聊一聊了，不是嗎？」

我點點頭，打量著房間。背景音樂非常柔和，幾個孩子坐在懶骨頭沙發上聊天。高個子馬修、愛抖腿的約書亞和亞歷克斯也在。他們圍坐在一張矮桌旁，正在玩一個似乎非常複雜的獸人和軍閥遊戲。當他們抬頭看到我時，三個人都向我揮手打招呼，看起來是那麼的平靜、安全，我立刻忘掉關於威廉．布萊克莫爾的一切。

奧修先生在一張桌子旁坐下，上面放了一個巨大的雕刻木棋盤，木板上不同的區塊裝了些小石頭。「這是邁爾斯．戴維斯。」他做了個手勢，表示他在說的是背景音樂，「你聽說過邁爾斯・戴維斯嗎？」

　奧修先生之前表示想看看我的筆記本，但我不知道該在上面寫什麼。我總不能寫：**擺脫威廉・布萊克莫爾**，不是嗎？我相信如果我告訴老師關於布萊克莫爾的事，只會讓我的未來更悲慘，所以整本筆記本至今都還是空白的。奧修先生看到時，顯得有些悲傷。當他問我是否還好時，我只是點頭，並輕聲說我很好。我不能告訴他，從自我介紹演講那天後，我只和史凱拉說過話，對別人我一律保持沉默。我不能告訴他，那天之後我僅有幾次不是用氣音對其他人說話，而且還是威廉・布萊克莫爾強迫我說的。

　當奧修先生用慈祥而擔憂的表情耐心等待我回答時，我才意識到，我想和他說話，而不僅是用氣音。我不必告訴他關於布萊克莫爾的事，不是嗎？我可以只是單純的和他「聊天」吧？

　「我我我—我奶奶喜歡邁邁邁邁爾斯・戴—戴戴戴戴維斯。」我回答。聽到自己的聲音在談論麵包奶奶感覺很奇怪。希望我的臉不會紅得太厲害。想像麵包奶奶在她又熱又擁擠的房間聽著錄音帶上的邁爾斯・戴維斯，再想像她現在躺在病床上，讓我的喉嚨一緊。

奧修先生把手放在我的肩膀上說：「嗯，你的奶奶一定很特別。」然後他指著桌上的遊戲說：「你知道怎麼玩非洲寶石棋嗎？」我很高興他沒繼續問我關於奶奶的事情，微笑搖搖頭。

那個雕刻木棋盤，是他小時候去奈及利亞探望祖父母所得到的禮物。他說是他爺爺親手刻的。他伸手撫摸光滑的木頭，一看就讓人覺得他一定很珍惜它。我想知道他爺爺是否還活著，不過我沒問。

「這些小石頭實際上是樹的果莢，」他說：「如果你拿起來搖一搖，還可以聽到裡面有小種子的聲音。」我捏住一個在耳邊搖晃，手感真好，非常光滑。

他贏了我四次，但後來我打敗他一次。

「你還喜歡講笑話嗎，比利？」我們一邊撿小石頭為最後一局做準備，他一邊問我。

「沒那麼喜歡了。」我回答。

「真的？」

「我現現—現—在更喜歡看—看看書。」我一面說，一面在我們開始玩時，設計一個完美的笑話哏。

「你現在正在讀哪一種書？」

「我正在讀一本關於反—重—重—重力的書，先生。它太棒了……我根本放不下它。」然後我以默劇表演了有東西無法放下，因為它一直在飄的感覺。「聽懂了嗎？先生？一本關於反重力的書—書—書—書，我真的放不下！」

聽到這裡，他笑得超大聲，笑到甚至用手拍桌子。每個人都轉頭看我們，讓我不禁有些尷尬。我認為奧修先生可能是有史以來最好的觀眾，極有機會和麵包奶奶並列第一。我決定將來在他身上試驗更多笑話。

「你注定要在舞臺上發光發熱，比利。」他一邊說，一邊移動一顆石頭。

「幾—幾幾乎不可能的，先生。如果你連話都說說—說不好，怎—怎—怎麼能站上舞臺？」我一說出口，自己都感到很驚訝，太直接，太誠實了。但奧修先生有種魔力讓我想和他交心，覺得不用偽裝，做我自己應該也沒關係。

「怎麼不能？」他說：「無論如何，你是可以『好好』說話的，只是和別人有點不同。我告訴你，和一般人不同並沒有錯，尤其是身為一個表演者。有創造力的人注定要與眾不同的。你知道貓王有口吃嗎？」

「不！」

「沒錯，紅髮艾德也有。」

「我從來不知道。」我說。

「不要讓它阻止你做任何你想做的事，比利。」

上課鐘響時，我收拾東西走回教室。我一如往常的坐在亞歷克斯旁邊的位子。和奧修先生交談後，我可以感覺我的自信提升了，所以決定率性而為。

「你─你─你─你們剛剛在玩什麼？」我問，裝出很隨意的樣子。

「這個桌遊叫『陷城危機』。」他說：「超好玩的。」

然後約書亞從我的肩膀後面說：「如果你願意，我們可以教你怎麼玩。」

「好—好—好極了，太棒了！」我說。我抬起頭，看到史凱拉臉上帶著淺淺的笑容看著我，然後我看到坐在她身後的布萊克莫爾，臉上帶著截然不同的笑容，也在看著我。

第13章

Q魚喜歡玩什麼派對遊戲？
A鮭魚說[1]。

麵包奶奶本週搬進了橡樹園養老院。週日時因為她「太過虛弱」，不能像以前一樣來和我們吃午飯，所以踢完足球（我們又輸了）後，我們去她的新住處看她。那裡甚至比她原本的公寓還熱。她慣用的東西都搬去了，只是那裡比原來的公寓小很多，所以顯得很擁擠。

橡樹養老院是一棟既長又矮的紅磚建築，裡面的居民幾乎不是臥床，就是坐在輪

1 原文是「Salmon Says」，直譯為「鮭魚說」，發音與「Simon Says」相近，即是英文版的「老師說」遊戲。

椅上。我看到大房間裡有幾個人坐在椅子上睡著了，心裡不禁懷疑他們是否已經死了。感覺就像醫院一樣，聞起來很可怕，混合了煮飯的油煙味和腐爛的臭味。橡樹園養老院唯一的優點，是我可以自己從家裡步行前往，不需要媽媽開車載我。探訪結束後，我一個人走路回家，以便計時，正好八分鐘。

我要每天去看她，每天給她講一個新的笑話。

我覺得搬到橡樹園應該讓她很害怕。她看起來很害怕。她看著我，眼神和醫院裡那個說「幫幫我」的男人一模一樣。她看著我的樣子讓我想逃跑，逃回家躲在我的被窩裡。光是想都讓我害怕，我最好趕快想點其他的事，就像媽媽在我擔心時勸我的：「想想別的事情吧。換個『頻道』，比利！」

然而，有時候在我試圖想其他事情時，大腦並不聽我的指令。它只是不斷重新彈回到原來的頻道，繼續擔心。我不知道我要做什麼才能不去想。不管怎樣，我現在要換頻道了……

上星期五蘇為我進行語言治療，我們告訴她關於自我介紹演講的事，然後又和

「滑潤劑」的虛擬角色玩了遊戲，她說她認為我已經做好面對「重大挑戰」的準備。她想要在我下一次來看她之前的每週三和我通電話，然後下次治療時我們就開始「對抗恐懼」。我一邊點頭，一邊已經在想我可能不會接她的電話。講電話真的是世界上最糟糕的一件事了。

在我們起身離開時，她拿了一張紀錄片的光碟給我。她說它很「激勵人心」。我們吃完晚飯後，全家一起坐在客廳看。影片拍攝一所治療口吃的學校，所有學生的授業期間都是兩週。整個過程中，他們不許和任何認識的人交談。他們一面做些練習，胸前還綁著一圈帶子，之後便到街上找一百個陌生人，問類似「你知道現在幾點嗎？」、「你能告訴我博物館在哪裡嗎？」之類的問題，即使他們早知道答案。內容看起來非常可怕，害我們連剛剛難吃的晚餐都沒心思討論。

紀錄片中的每個人口吃狀況都比我更糟糕！我未曾見過這麼多結巴的人聚在一起。其中有些人甚至比我更奇怪，有個女人每次說話聽起來就像一隻貓在叫，另一個人結巴嚴重到彷彿他在大發脾氣。我真心為他們感到難過，於是我對自己唱歌似的口吃倒是比較不那麼介意了。

最後，他們必須走到市中心，站在一個大箱子上，向路過的人們喊話。他們每個人都做了，而且幾乎也不再怎麼結巴，那個看起來像在大發脾氣的傢伙居然還講了笑話，而且從頭到尾一次都沒有卡住，非常了不起！我在片尾工作人員名單出現時轉向媽媽，她哭得眼睛都睜不開，一邊顫抖，一邊發出像倉鼠一樣的細碎聲音。然後我轉頭看向爸爸，他也在哭！

爸爸從來不哭的。媽媽總是開玩笑說他是石頭做的，因為不管是在他們結婚那天或我和克洛伊出生時，他都沒哭。爸爸則反駁說他很幸福、很開心啊！哭什麼呢？如果你問我，我覺得他說的有道理。

所以我知道他在紀錄片播完時並不是很開心，但我不明白他為什麼這麼難過。

「那些人真的做得不錯，爸爸。為什麼你們倆都哭了？」我問。

「是的，比利，他們做得很好。只是對你媽媽和我來說，有點難以承受。就是這樣。對不起，兒子。」他一邊擦眼淚，一邊回答。

然後媽媽緊緊擁抱我，一直不肯鬆手。「看到人們克服恐懼真是太神奇了。他們好堅強，真感人，不是嗎？」

她抱我抱得太緊了，我連話都說不出來，怎麼回答？但我知道她的意思。我知道我也想變成紀錄片裡那樣的人。不走旁門左道、不使用紙板標語、不用氣音說話，也不用敲擊節奏。我想讓爸媽對我產生像看完紀錄片那樣的感覺。

我只能對著她的腋窩點點頭，眼睛開始發紅。她用袖子擦了擦臉，雙手捧著我的臉，壓得我的臉頰都變形了。「你真是個了不起的男孩。好！該上床睡覺了。」

我躺在床上卻久久無法入睡。腦子裡還在想著紀錄片。也許這就是我接下來該做的，可以成為我計畫的一部分，在「擺脫口吃的方法」清單中名列第一。當我重寫新的清單時，發現上面只剩這一件事，沒有其他東西可寫了；其他選項我都已經試過，而且失敗了。這就是我最後的機會，我仰望天空。

「這會是我一直在等待的神奇魔法嗎？」我感到背脊發涼，將清單釘在軟木板上：

1. 參加口吃課程

我偷偷爬下樓梯，一步一步，小心而緩慢的走。我很確定我可以聽到自己如雷的心跳聲，連呼吸都不敢用力。媽媽把我的 iPad 收進大廳的抽屜。我從裡面將它拿出來，再將抽屜推回去時，木頭向後滑動吱吱作響，我好怕爸媽聽見我的聲音。我愣在原地不敢移動，等待著，拉長耳朵認真聽——沒有任何反應。爬到樓梯的一半後我瘋狂往前衝刺，一步踏過兩階，在不讓他們發現的前提下回到我的房間。我立刻上網找到口吃學校的網站。

下期課程的開課日期就在一個月後！就是這個。奇蹟真的會發生，我將成為站在箱子上講笑話的人。就像麵包奶奶想要我做的，就像我和她勾小指承諾的那樣。當我開始寫電子郵件時，我興奮得頭都暈了，忍不住想像起沒有口吃的人生。

親愛的口吃學校：

我叫比利．普林頓，我有口吃，非常糟糕的口吃。我十一歲（不過再過二十六天，我就滿十二歲了）。我剛剛看完你們學校的紀錄片，我真的、真的很想參加你們的

下一期課程。

請把地址和價格回報給我，我會帶錢去繳。

真是等不及了！

你真誠的，

比利・普林頓

那天晚上，我夢見我站上學校表演廳的舞臺，在絲絨布幕前講笑話給大家聽，而且一次都沒有卡住。

第14章

Q鼓手給兩個女兒取了什麼名字？
A安娜一，安娜二[1]。

我現在每天都會去奧修先生的音樂俱樂部。在我剛養成的新習慣裡，可沒有讓我獨自遊蕩的時間。和史凱拉共進午餐後，我會拚命避開布萊克莫爾的拳頭，一路到表演廳。如果裡面空無一人，我就進去直接衝上舞臺。第一次走進舞臺中央時，我一點也不緊張，我直直跑進去，衝上小樓梯。當我到達目的地時，我不知道該做什麼，但等我轉身面對空蕩蕩的觀眾席，那感覺棒極了！我深吸一口氣，用氣音說：「晚安，各位先生，各位女士。」想像他們都在對我微笑。然後我以稍微大一點的聲音繼續說：「我的名字是比—比—比利．普林頓。不過『比』其實只有一個。」我聽到一點想像中的笑聲，然後我更大聲的說：「接下來，我要講一個關於香草和魚—魚—魚—魚類的笑話，但和『百里香或鰈魚[2]』無關。」

我想像人們會如何大笑。奧修先生會一邊笑，一邊拍大腿，史凱拉大概還是會嗤之以鼻，麵包奶奶會頭往後仰，閉著眼睛輕笑。我很希望他們能看到我登上學校舞臺。我還沒有膽量開口邀請史凱拉一起來，雖然我每天吃午餐時都想說，但我太懦弱了。即使觀眾席上沒人，我也很為自己站上舞臺感到自豪。有趣的是，有時候一開始看起來很可怕的事，之後有可能瞬間就改變。就像在我一片漆黑的臥室裡，看起來弓著身子盯著我的怪物，在燈光下看清楚後，不過是我舒適溫暖的睡袍。現在的舞臺就像是我的睡袍；在不同的光線中，我看到了不同的樣貌。

昨天午休時，我沒有先看就跑進表演廳，沒想到舞臺上擠滿了穿著芭蕾舞裙正在

1 原文是 Anna one, Anna two。因為鼓手在音樂開始前，常會唸或喊著「And a one! And a two!」打拍子。

2 Thyme 是百里香，plaice 是鰈魚，而 Thyme and Plaice 是英國很常見的餐廳名字。

排練的九年級學生。我用力推開門，跑到通道的一半才注意到她們。所有的人全停下手上的動作，盯著我。一位削瘦、臉長得有點像鳥喙的老師轉過來對我說：「有什麼我們能幫忙的嗎？」

我高舉雙臂，盡我最大的努力做了個芭蕾舞旋轉，然後在她們的大笑中往回跑，出門前還可以聽到削瘦的鳥喙老師在噓她們，叫她們安靜。接著我直接去了音樂俱樂部，如同我現在每天的習慣，在我說完沒有觀眾聽見的笑話後。

我在音樂俱樂部學會許多種桌遊，欣賞艾拉．費茲傑拉、路易．阿姆斯壯和亞特．布雷基的演奏。邁爾斯．戴維斯仍然是我的最愛，他們都是爵士歌手和音樂家。不過爵士鼓實在太瘋狂，怎麼能快成那樣？

當我告訴奧修先生我一直在練習爵士鼓的節拍時，他看著常出現在音樂俱樂部的幾個人說：「好，孩子們，你們先把待會要玩的桌遊準備好。比利，你跟我來。」並示意我跟他走。我們一邊沿走廊往前走，他一邊說：「每年十月我們都會將音樂俱樂部改裝為排練室。我本來打算等到鼓架好再告訴你，但是當你提到爵士鼓的那一刻，我就決定不再等了，我不要再看你拿鉛筆敲來敲去了。來打鼓吧！比利．普林頓。」

「我們要去哪裡？先生？」

「第六大樓。音樂工作室。」

「我可以進去嗎？」

「當你和我在一起的時候可以，孩子。但是你必須負責將已經在裡面的可怕使用者趕出去，知道嗎？」

「怎麼可能！」我大笑，「你知道我從來沒打過真正的鼓吧，先生？」

「不然你以為我們為什麼要現在去？我見過你打拍子，那些節奏需要有管道從你身體裡釋放出來，再久一點，我怕你會爆掉！」

「我媽媽也這麼說過。」

「什麼？說你會爆掉嗎？」

「我的腦─腦─腦子裡有太多事情在轉，多到很可能會讓我自爆。」

「我相信那裡頭真的有非常多的事情在轉，孩子。」

「這—這—這就是我結巴的原因。我的腦子太滿了。我的語言治療師是這麼告訴訴我的。其他人的腦—腦子太滿時，會感到壓力或無—無法入睡或肚子痛，而我則會結巴。」

「很有道理。所以我們就更有理由把其中的一部分透過打鼓釋放出來，不是嗎？」

「先生，當你的腦子太滿時，你會發生什麼事？」

「喔，好問題。我會咬指甲。之前有一次，那時的我比你現在大一點，因為腦子真的太滿，我掉了好多頭髮。」在我們走到那棟高學級建築時，他告訴我。

「真的？你因此禿了嗎？」我問。

「不，它只是禿了幾小塊，最後還是長回來了，但你可以想像這種事發生在中學生身上令人很難接受，而且當時我已經是個邊緣人了，所以狀況自然更糟。」

「真是太慘了，先生。」我說，心裡衡量著禿頭和結巴哪一種比較好。

工作室裡有一組沒人用的爵士鼓，奧修先生雙手交握。「你看，連趕人都不用了！好吧，比利，讓我看看你會什麼。」

用真正的鼓棒和鼓架遠比用鉛筆難多了，本來在大腿上可以敲擊出的輕鬆節拍換到爵士鼓便屢屢犯錯。

「用真的鼓架難多了，是不是？」奧修先生說。

「難很多！」我一邊說，一邊搓手。

「但你已經比完全沒接觸過的人好很多了。你有節奏感。你只需要確保你的大腦不會衝得太快，讓你的身體無法反應。我來展示最簡單的4/4節拍給你看，這個節拍可以應用在大多數的曲子上。」他拿起鼓棒，在鼓邊坐下，一步一步慢慢分解每隻手和腳的動作，為我做詳盡的示範。

「對了，現在換你試一試，不過你得慢慢來。打鼓的時候不能心急，你必須先找到一個你跟得上的節拍。」

我用右手慢慢的打出四節拍，然後每三下加入左手一下，在它穩定下來後，加入踏板。聽起來真的很像一回事了！

「繼續！」奧修先生一邊說，一邊拿起一把低音吉他，依照鼓的節奏撥動幾根琴弦。我興奮到有點頭暈，感覺似乎就要控制不住自己開始大笑。我試著打快一點，結果就搞砸了。可是奧修先生並不在乎我最後的失敗，他在意的是在那之前發生的事。「就是這樣！你做到了。感覺不錯吧？」

「太棒了！」我說完再次嘗試，但立刻就錯了。

「嗯，現在你知道是什麼感覺了。利用你的鉛筆練習，把腳的動作也加進去。要放在音樂俱樂部的爵士鼓很快就會架好，你就有鼓可用了。」

「謝謝你，先生。」

「絕對是我的榮幸，比利。」

在我們走回音樂俱樂部的路上，他說：「我知道你不想在筆記本上寫任何東西，但你知道只要你想要，你隨時可以來找我聊天吧？」

「是的，先生。對不起，先生，你要我把筆記本還你嗎？」

「當然不用。說不定哪一天你就想寫了呢！把腦子裡太滿的東西寫在紙上，也是很不錯的方式。」

「其實我在家裡寫了不少東西，先生。」

「像什麼？」

「清─清單之類的。寫一些蠢事，像什麼會惹哭我妹，還有笑話，但─但─但有時我會寫關於我口吃的事。」

「你寫了些什麼？」

「像是如何擺脫它，以及如何當個隱形人，先生。諸如此類。」

「你是否覺得口吃是唯一妨礙你的事情？」

「對─對─對。我會擺脫它的，先生。」我一邊說，一邊想著那個課程。

「嗯，我很高興你對這件事感到樂觀，比利。但是，你知道，即使你無法擺脫它，那也不過是你其中的一面。而你還有很多面。把筆記本遞給我。」我把它遞過去，不知道他要做什麼。

「好，你喜歡列清單，是不是，比利？」他問。我點頭。「嗯，如果有人叫我寫一張關於你的清單，我會這麼寫。」

他停下腳步，從口袋裡掏出一枝筆，把筆記本放在大腿上，開始寫：

我對比利・普林頓的了解

1. 他很有趣……很搞笑。
2. 他的鼓打得不錯。
3. 他是個好學生。
4. 他每天都來音樂俱樂部。
5. 他愛他的奶奶。
6. 我經常在玩非洲寶石棋時擊敗他。

然後他留下了一片好大的空白，在頁面底部用很小的字寫：

喔，是的，他也有口吃。

看到這個，當他把筆記本遞還給我時，我忍不住微微一笑。我們繼續走，我將本子緊緊握在手裡。

「也許與其將注意力放在擺脫口吃上，不如試著用別人看你的眼光來看待自己？」

「不是每個人都像你一樣善良，先生。」我說，想著如果布萊克莫爾看到筆記本，他會怎麼對待我。

當我們回到音樂俱樂部時，他們的「閃靈快手」已經玩到一半。我在這裡真是學會了不少新桌遊。

我現在的最愛是雙人對戰的平面魔術方塊、禁忌之島，以及上週奧修先生教我們玩的德州撲克！一開始時我很不擅長在德州撲克中吹牛。吹牛就是當你拿到壞牌時假裝你有好牌，或者手上有好牌假裝是壞牌。我曾經在得到兩張A時興奮的向空中揮拳，還跳了一小段舞，遭到亞歷克斯、馬修、約書亞和奧修先生不遺餘力的嘲笑。我們拿樂高積木當籌碼。奧修先生說如果對手是聰明人，而你最後還能贏的話，玩起來就更過癮，可惜我們之中沒人算得上聰明。紅色積木代表一點，藍色積木二點，白色積木五點。他教完我們規則後，便起身更換音樂，我們則繼續玩。他播放音樂的小型唱機可以收成一個手提箱，上面還有把手方便移動，非常酷。他告訴我們這些圓盤叫「黑膠唱片」。

有幾個九年級女生會在下雨天時去，也有幾個八年級女生只會呆坐在懶骨頭上，但我、馬修、約書亞和亞歷克斯卻是每天都去報到。奧修先生叫我們「常客們」。不管常客們架設什麼桌遊，我都過去跟著一起玩。他們似乎不介意我的加入。

「嘿！比利。」

「今─今─今天玩什麼？」

「陷城危機！」馬修一邊說，一邊開始擺放桌遊的配件。

「我待會要早點走，」我閒聊似的說，幫忙擺放配件，「我稍─稍後要去看牙醫。」

「我討厭牙醫，」約書亞皺眉說：「他總是在我牙齒上塗一些可怕的東西。」

「約書亞，我很驚訝你居然能坐著不動，尤其是去看牙醫的時候！」馬修笑了起來，張大嘴巴模仿約書亞不停抖腳的樣子。

「哼！我敢打賭你的個子大到牙醫的診療椅都坐不下。」約書亞反擊。

馬修已經一百八十公分高了，而我只有一百五十公分，所以你可以想像我們站在一起的畫面有多可笑，他可以抓住我的腋下一把將我抱起。他說他想利用我來鍛鍊他的二頭肌。他得了一種病，叫什麼症候群，會讓人一直長高，這就是他鶴立雞群的真正原因。等他年紀大一點，大概會有骨骼上的問題。這些是我們上次玩完桌遊在收拾時他告訴我的。我認為他應該去當籃球運動員，因為他幾乎可以灌籃了。上體育課時，他示範給我看過。

「你不去上英文課嗎？」亞歷克斯問。

「對，點完名後我就得走了。」我說：「我得在『疼痛的牙齒』看牙。懂了嗎？兩點三十分，疼痛的牙齒[3]。」然後他們一起發出呻吟，約書亞拿了一個遊戲棋子扔到我

3 兩點三十分是「two-thirty」，這裡比利開了個玩笑，因為這個詞聽起來就像「tooth hurty」，意思是疼痛的牙齒，乍聽之下像是一間牙醫診所的名字。

身上，我接住並假裝張嘴吃下。

約書亞的個子和我一樣小。他有一頭黑髮和一雙湛藍的眼睛。他的外型讓我聯想到狼。總是動個不停。我們玩遊戲時，在輪到他之前，他會摺小紙片或坐立不安的抓弄他口袋裡的小東西。他老是在抖腳，因為他有過動症，換句話說，他無法坐著不動。他為此服用藥物，但還是會抖個不停。導師點名時，我用鉛筆敲擊大腿，他則抖著腳，亞歷克斯說我們兩個看起來彷彿在聽自己腦袋裡的音樂。

亞歷克斯在自我介紹說到關於助聽器的事之後，我一直擔心他是否能夠讀懂我說的話。我因此避免和他交談，但當我們開始在音樂俱樂部一起玩遊戲後，我覺得我最好還是和他確認一下。我鼓起勇氣問他是否能聽懂我在說什麼，他說他能很輕易的讀懂我的意思，而且不明白為什麼我要對此感到驚訝。

他說：「你不能說話，我聽不見。我倆是完美的絕配！」我聽了感覺好極了。我知道他沒有說謊，因為我講笑話時，他總會發自內心的大笑。實際上他老是在笑。他曾經笑著對我說：「比利，你知道嗎？當你單純的做你自己，和我們胡鬧的時候，甚至比你講笑話時更有趣！」

我甚至不知道我到底做了什麼，讓他覺得我很有趣，但他這麼說當然讓我心情很好。奧修先生說，我們這群人在一起就是「很棒的雜牌軍」。嗯，我不是很清楚那是什麼意思！

亞歷克斯說的話，讓我想起我和麵包奶奶在電視上看到的單口喜劇演員。也許在我上了口吃課程之後，我不應該只講「笑話」，也許我應該另外找一種可以表達更多自我的方式。有些單口喜劇演員講故事，有些則擅長肢體表演。我需要想一想，找出我獨一無二的特質。

我在放學後去橡樹園探望麵包奶奶。我講了一個關於克洛伊騎想像小馬的有趣故事。我在她小小的房間裡模仿馬兒疾馳，但她聽到一半就打起瞌睡，所以故事並沒有達到效果。之後她醒來時，我為她重演上週日足球比賽中我最悲慘的一刻。我站在房間中央，用慢動作加上解說，表演足球擊中我的頭部後彈到頂柱上，並在它掉下來時再次擊中我，彈入網中，為對手得到該場比賽的第十八分。她笑著說我真是「一張卡片[4]」。嗯，其實我不知道那是什麼意思。我不確定講故事式的喜劇表演適不適合我，不過我覺得她在我講很短的笑話時，似乎笑得更開心些。

回家之後，我將奧修先生寫的清單釘在我的軟木板上，但我小心的把它藏在其他清單後面。不知道為什麼，我看著它時會覺得有一點點尷尬。也許是因為我心裡無法相信它上面寫的是真的，但把它釘在那裡的感覺好極了。雖然我看不到，但我知道它就在那裡。我還在等口吃學校的消息，真不敢相信到耶誕節我的口吃就會消失了。然後，我將無所不能。

4 稱一個人「a card」代表他很有趣、很機智。

第15章

Q 當你跟在汽車後面時，你會得到什麼？
A 精疲力盡／廢氣[1]。

比賽即將結束，我穿越泥濘的草地跑向越來越近的校舍，我的臉頰刺痛，胸膛尖叫著要我立刻停下。我是倒數第三名，跑在艾爾西之後，史凱拉之前。我討厭越野賽跑。我勉強可以看到亞歷克斯在前方的身影，至於其他人則領先我太多，連影子都看不到。我別無選擇。只能繼續前進。

比賽結束後，我們每個人和十二年級的學長姐一一配對。他們負責告訴我們個人

1 原文為 Exhausted，雙關語。

的完賽時間，然後帶我們去飲水機裝水。他們必須和我們一起填寫問卷和熱身，才能符合體育課裡的「運動領袖」課程要求。我配到的十二年級學姊叫艾莉。她幾乎和馬修一樣高！她有一頭極捲的紅頭髮，臉上長了很多雀斑。我盡量不去看她的臉，只是盯著她繫著鞋帶的球鞋。我可以感覺自己的耳朵都紅了。

在走廊上，我聽到了熟悉的聲音。

咚噠，咚咚咚噠噠。

咚噠，咚咚咚噠噠。

咚噠，咚咚咚噠噠。

是進行曲的 4/4 擊鼓聲。

我和艾莉沿著走廊前進，經過一間又一間的科學實驗室和美術教室，到目前為止，我沒對艾莉說過一句話。和年紀比我大的青少年說話絕對沒有好事，尤其是和完全陌生的人。我現在可以比較沒障礙的和史凱拉、亞歷克斯、約書亞、馬修和奧修先生聊天。我甚至用氣音在課堂上回答了一些數學問題，但和艾莉在一起讓我十分緊張。我現在使用的是我極拿手的「假裝害羞戰術」。假裝害羞其實並不難，至少我很確定我真的滿臉通紅。艾莉問了我許多問題。

「你喜歡越野賽嗎？」

「我們學校很大，對吧？」

「你喜歡科學嗎？」

雖然她還是個孩子，但說話的樣子卻像個大人。我想直視她的眼睛，視線卻一直固定在她的腳上。對她的問題，我只是點頭回應，並試著對她微笑。但現在聽到鼓聲，這件事更重要，我非得開口說話不可！

我可以感覺到心臟在胸膛裡怦怦直跳，如雷的心跳聲在我耳朵裡迴盪。我深深吸一口氣，嘴巴乾澀，將手像蘇要求的那樣放在肚子上，然後就在我要開口時，我停下了。我做不到。可是鼓聲仍然繼續在響。

咚噠噠，噠噠，咚噠。

無論我多麼努力嘗試，我還是無法忽視它們。

咚噠噠，噠噠，咚噠。

聲音聽起來越來越大，然後我脫口而出。「有人在打鼓嗎？」我說。我真的說出口了！我真的說了！我甚至沒有結巴。

我猜我看起來一定很驚訝，因為艾莉對我露出了然於心似的微笑。「是的，我想他們正在音樂俱樂部裡架設樂器。」

「我常去—去音樂俱樂部！」我說，彷彿那是史上最棒的事。

「我們過去看看吧？」她問。

之後，和艾莉交談變得容易許多。我們一邊走向鼓聲出處，我一邊回答她問卷上的題目。她是服務生型的人。在我們走上樓梯時，我甚至給她講了一個笑話。

「我不大信任樓—樓—樓梯，」我以充滿懷疑的聲音說：「它們總是另—另—另有企—企—企圖[2]。」

「你好搞笑！」她說，似乎根本沒注意到我的口吃。

音樂俱樂部裡一半的空間被改裝成音樂工作室，看起來棒極了。裡面有幾個孩子正在演奏他們自創的歌曲！大概是打破規則什麼的，我猜，不過我還真的聽不大出來。鼓手一次又一次的卡在同一個地方，我超想上去表演讓艾莉大吃一驚。我很想在真正的爵士鼓上演奏，而且我確信我可以演奏出那男孩弄錯的節拍。不過她說我們差不多該回去了，「不然他們要派出搜索隊來找我們了！」

當我們要離開時，艾莉說：「我想他們是在為才藝表演練習。」

「才—才—才藝表—表—表演？」

「辦得很盛大呢！每年十二月在學校表演廳舉行。去年還登上了地方新聞喔！」

鐘聲響起時，她在更衣室前和我揮手道別，向我大喊：「說不定將來我會有機會聽到你打鼓，他們很快要為才藝表演進行排練演出。我也會去。」

在回教室的路上，我想像艾莉坐在觀眾席，看著站在舞臺上的自己，但我卻不是

2 up to something，雙關語，既指樓梯連結上樓，又有別具用心之意。

在打鼓，而是在講笑話。我不知道為什麼這個念頭突然冒了出來，光是想就讓我興奮到頭暈，於是我試著切換腦子裡的頻道。然而，它卻一直跳回去，還不停加入新的想法。如果我去上了那個口吃學校，說話不再結巴，也許我就可以在真正的觀眾面前站上舞臺，而不用只活在幻想裡。

放學後去橡樹園的路上，我想起當初我和麵包奶奶的勾小指承諾，我答應她會為她做一場表演。想像一下，如果我為她，以及其他三百人做一場表演，那該有多棒?她會有多自豪?自從她中風以來，最需要的其實是讓她保持愉快的心情。我知道我很想為她做一場才藝表演，非常非常想。

我走進去時，看到她坐在花布沙發上看電視遊戲節目《倒計時》，一位看起來比她還要老的女士坐在她身邊。老太太化著濃妝，頭上戴著一頂花俏的帽子，彷彿正要去參加宴會，而不是坐在老人院裡看《倒計時》。她看起來非常老，老到讓我覺得不知道什麼地方有點怪，令我心生恐懼，就像一個打扮華麗的鬼魂骷髏。沙發旁有一架金屬助行器，桌上則放著一盤餅乾。

「這是吉本斯太太，比利。」麵包奶奶說：「我的新鄰居。」吉本斯太太抬起頭，朝我揮了揮手，然後試圖從沙發上站起來。

「幫她站起來，比利。一旦她在沙發上坐下就起不來了。你可以幫忙嗎，親愛的？」我伸出手臂，感覺吉本斯太太虛弱、布滿皺紋的手抓住了我。我試著盡量不在她碰到我時發抖。最後她設法站了起來，抓住助行器，慢慢走向門口。走到一半，她停下來說：

「小破爛！」聲音聽起來彷彿幽靈，而且像她的皮膚一樣皺巴巴的。麵包奶奶從餅乾盤旁邊拿起一張看似是狗的照片，將它放入吉本斯太太的手裡。

「來了，親愛的。別擔心。牠在這裡。」

「喔，小破爛，我親愛的孩子。」吉本斯太太說，緊緊抓住照片，繼續緩慢的走向門口。

當她走後，麵包奶奶低聲說：「可憐的女人。非常可憐。在世界上連一個親人都沒有。」

我望向走廊，看到她悲傷虛弱的身體走進了隔壁的房間。我感到脊背發涼。吉本斯太太嚇到我了。

第16章

Q 樹對霸凌者說了什麼？
A 別惹我[1]。

還沒收到口吃學校的回覆。媽媽一直在問我為何如此頻繁的查看電子郵件。我撒謊，告訴她我參加了比賽。我不知道為什麼，但我不想讓她知道。現在還不想。我要將它當成一個驚喜。

我開始對鏡練習我的段子（單口喜劇演員稱上臺表演的笑話清單為「段子」）。我現在每天晚上都夢到在舞臺上講笑話。有時效果不太好，我哭著醒來，滿頭大汗，只得

1 原文為「Leaf me alone.」，「別惹我」原應為「Leave me alone.」，但樹葉 leaf 和 leave 同音，便被用來當雙關語笑話。

走去找媽媽尋求撫慰。但是當它在夢中有好效果，或當我可以流利說話時，所做的美夢又讓我異常高興。

學校表演廳內外貼滿海報。

班納代爾達人秀！

你有特殊天賦嗎？
你是歌手、舞者、魔術師、音樂家還是表演者嗎？
我們需要你！
十二月十七日星期四　晚上七點半

請至學校辦公室報名，
預約你在聚光燈下的閃耀時刻。

我在數學課前直接去了學校辦公室查看報名表，上面已經有四個名字。希望在我參加口吃課程之前，報名人數不會額滿。就在我要離開時，一個小小的聲音在我的腦海裡耳語：「做吧！」我對自己發笑。在解決口吃問題之前，我不能報名吧？難道我可以？然後我告訴自己，口吃課程兩週後就開始了，我會去上課，接下來的一切都會好起來的，而且我已經準備好所有的笑話。還有什麼地方可能出錯？

我拿起筆，感覺一陣興奮湧上心頭，在我退縮之前迅速的把自己的名字寫在報名表上。正坐在辦公桌前、臉上長著一顆毛痣的女職員拿著餅乾，看著我露出微笑。

「勇敢的孩子！」她一邊說，一邊噴出餅乾屑。我微笑以對，覺得自己彷彿成了一個不同的人，覺得自己可以做任何事情。

我在數學考試時也是相當放鬆的，不過開始考試前那些叫大家安靜的「噓」聲還是會讓我繃緊神經。這是我們分組前的最後一次考試。我討厭那些「噓」聲，幾個女同學真的很緊張，會說一些像「這太重要了。它可能會改變你的人生道路」之類的話。我認為那言過其實，這不過是一次數學考試罷了。

我非常喜歡考試。當然我永遠不會告訴任何人這件事。我喜歡安靜，喜歡聽每個人的筆在紙面上刮擦的聲音，喜歡每個人都在做同樣的事情。就是這麼簡單。

媽媽說我是個「黑白分明」的人，喜歡一切都清清楚楚。好／壞，正確／錯誤。我認為她是對的。這就是為什麼我喜歡列清單、寫計畫，也喜歡知道將來會發生什麼。這也是我數學很好的原因。答案要麼正確，要麼錯誤，沒有介於兩者之間的空間。

我寫完考卷後，仍剩下好多時間，甚至檢查所有問題兩次之後，鐘聲都還未響起。其實學校允許我們在寫完考卷後閱讀自己的書籍，但我沒這麼做，我反而在觀察威廉・布萊克莫爾。他看起來很悲傷，因為他數學不太好。我喜歡在他不知道的時候看著他。觀察真實的他，而不是誇張大笑或和人打鬧的他。這時候他看起來像個正常小孩，而非惡霸。上週我在郊區的大超市看到他和他媽媽，他們正在選要買的麥片。我在放貓糧的通道偷偷的看著他。她要他去拿麥麩格格脆，但是在他從架子上拿了幾盒下來時，他的手臂不慎將另一個紙盒撞到地上。

「你怎麼什麼事都做不好！」她對他厲聲斥喝，從他手裡搶過麥片，推著購物車沿著通道離去。他愣了一下，望著地板上的盒子，不知道該不該撿起來。

「威廉！」他媽媽轉頭對他大吼，他聽到後立刻踢開掉落的盒子，拖著腳步跟上。

當我盯著地上麥麩格格脆的紙盒時，媽媽走過，以極大的音量問我：「你為什麼在這裡看貓糧？我們可沒有養貓。你真是個奇怪的生物，比利．普林頓！」我只好假裝在為腳踝抓癢，快速蹲下躲藏，沒讓布萊克莫爾發現我。我可不想讓媽媽在他面前說出什麼令我難堪的事，不然之後他肯定會用來對付我。當周圍安全時，我又找機會偷看他一眼。他媽媽正在選優格，他則低頭看著地板。那一天他看起來就像個真正的小孩。

今天我坐在位子上看了他好久。他只是坐在那裡，雙手抱頭。他比平時安靜多了。在我觀察的過程中，他沒寫在考卷上寫一個字。他的數學成績向來墊底。他揉著額頭，臉頰泛紅。我在腦海裡想像他在家裡吃麥麩格格脆，他媽媽對著他大吼大叫，他哥哥老是動手用力推他。我在想也許布萊克莫爾不是一個快樂的孩子。我不禁懷疑，是當個沒有口吃的布萊克莫爾比較好？還是當我自己比較好？

我在和史凱拉吃午餐的薯條時，突然想到一個點子。「你──你要不要在吃完飯後去表演廳？」我說，想表現出一派輕鬆的模樣。

「去做什麼？靜靜坐著，盯著沒有人的舞臺？」

「不。」我停了兩秒才繼續，「看我講笑話……**在舞臺上**。」

她什麼也沒說，只將最後一口薯條塞進嘴裡，抓起她的托盤，打開還滿是食物的嘴，看著我說：「走吧！搞笑男孩。」

站在舞臺上面對的不是一排排的空椅子，而是真的有人回望我，感覺實在是太奇怪了。我漲紅了臉，手足無措，但在講了幾個笑話後，我整個人開始放鬆下來。

史凱拉坐在觀眾席的正中央，聽到什麼都會笑，但在我模仿學校老師時，她真心笑到前俯後仰。只有清單上的段子是先寫好的，後來那些模仿都是臨場發揮的即席演出。我模仿了化學老師卡本特太太在課堂上睡著，忘記每個人的名字，還有她解釋元素週期表的顫抖高音。我也扮演了數學科主任蘭德爾先生，跳來跳去，不時拍手，像一隻興奮的小狗：

「來—來—來吧！同學們，把球扔出去，我會去撿。拜—拜—拜託拜託拜託拜託。汪—汪！」然後我跑去尋找一顆假想的球，在舞臺中央停下來抓背上的癢，卻怎麼都搆不到，史凱拉看了哈哈大笑。

她強迫我一遍又一遍的模仿那個動作，直到我們笑得淚流滿面。後來那個鳥喙臉的削瘦芭蕾老師進來，不悅的說：「你們在亂搞什麼？」這讓我們笑得更厲害了。不過我們還是努力控制自己，口齒不清的道歉，並且抓起背包，臉上還掛著眼淚，推開大門搖搖晃晃的擠進走廊。

「我覺得我會笑到永遠都停不下來。」史凱拉一邊說，一邊擦著眼睛。

我看著她，就在我要開口告訴她，我報名參加才藝表演的事時，那個鳥喙臉的削瘦老師踏著重重的腳步走出表演廳，像隻憤怒的鳥一樣瞇著眼瞪著我們。我們兩個低頭看著地板，試圖忍住不再發笑。我想我不會告訴史凱拉，將才藝表演當成驚喜更好。

下午下課時，布萊克莫爾從體育館拿了跳繩將我綁在籃球架上，然後叫我乞求他放了我。

「說：『誠摯拜託你』，普林頓。」

「誠—誠—誠—誠—誠—誠—誠—誠——」

過了好一陣子我都無法說完，他失去耐心一腳將籃球踢到牆上，轉身離開，留下我依然牢牢的被綁在鐵柱上，無法逃脫。

史凱拉找到我並試圖解救我，但她無法打開繩結。他把繩子拉得太緊了，而且繩子溼了。史凱拉非常生氣，發誓要找機會殺了他。食品科技老師皮特太太也無法解開繩結。我在毛毛雨中等了好久，周圍的人都在笑。一大群十年級的學長圍在我身邊，其中一些人還拿出手機對著我錄影。我努力不哭，但我能感覺到喉嚨越縮越緊，然後一滴淚水不小心從眼眶中流了出去。我無法阻止它從臉頰滾落，也不能伸手將它抹去。

最後，馬修、約書亞和亞歷克斯從藝術教室的櫥櫃拿出一把大剪刀，跑來將我身上的跳繩剪開。皮特太太勒令威廉·布萊克莫爾去奧修先生辦公室，而我、馬修、亞歷克斯、約書亞和史凱拉也得跟著去。

布萊克莫爾輕描淡寫的說我們只是在「打鬧」。我不想說出不同的解釋，所以只是點點頭。畢竟如果我說了什麼，狀況只會變得更糟。我知道其他男孩不會講，因為他對他們也很壞，但我從眼角看到史凱拉開口打算要說話。她看到我在看著她，我搖搖頭，做出「求求你」的嘴型，她頓時停了下來。

奧修先生看起來很擔心，我覺得有點對不起他。除非我們告訴他實話，否則他什麼也做不了。他看我的表情就顯然知道，我什麼都不會說的。

奧修先生讓其他人先走，但將我和布萊克莫爾留下。只剩我們單獨在一起讓我有點不舒服。直到其他人離開，我才發現有他們在我身邊，我的感覺就好上許多。我幾乎希望自己剛才讓史凱拉告訴奧修先生發生了什麼事。

「好，孩子們。」奧修先生開口，「現在，我知道你們不會告訴我完整的故事，這完全取決於你們。但很明顯的，有什麼事情正在發生，如果我不試著幫助你們兩個，我就是個不合格的失職老師。」

「我不需要任何幫助。」布萊克莫爾咆哮。他對老師的說話態度真的挺惡劣，我很驚訝學校怎麼還沒讓他退學。

「每個人都需要幫助，威廉。」奧修先生笑著說：「你們知道嗎？在我上個任教的地方，如果兩個孩子處不好，學校便會安排他們在其中一個孩子的家裡，一起玩一段時間。」

「什─什─什麼！」我驚慌失措的回應，不禁想像自己被困在布萊克莫爾家中，他的媽媽對我大吼大叫，而他的大哥用力推擠我的畫面。

「別擔心，我們今天不會那麼做。但是你們知道嗎？其實那麼做真的滿有效的。它會讓大家以不同的方式看待彼此，並找到共同點，所以也許我們可以嘗試做些類似的事。」

他到底想做什麼？我最不需要的就是花更多的時間和布萊克莫爾相處。我甚至無法直視他。如果奧修先生知道他在男廁拍攝我的影片，以及布萊克莫爾所做過的其他可怕的事，也許他就不會這麼做了。

「奧修先生，我需─需─需要告─告─告訴你一些事情。」我說，然後看著布萊克莫爾。他歪著頭，好像對我要說什麼很感興趣，我立刻失去說下去的勇氣。

奧修先生等了好一陣子，當他意識到我不會再多說什麼時，他說：「好吧！我有個主意。威廉，你的數學一直有些跟不上，對吧？」

「沒有。」

「嗯，你的考試成績可不是這麼說。比利，數學是你最擅長的科目，不如我們每週找一個早上的下課時間讓比利當威廉的小老師，如何？」

「不要！」我和布萊克莫爾異口同聲的說。

「好，既然如此，我想我只能請你們的父母來學校，看看有沒有別的辦法解決今天的事。」

我真的不希望媽媽來學校。要是她來的話，我大概一輩子都要聽她碎唸這件事。我看得出來布萊克莫爾也不希望他媽媽來學校，所以我說：「好吧！只要他願—願—願意，我就答—答—答應。」

「好。」他咬牙切齒的說：「但別以為我們就會變成朋友。」

「嗯，我們先這麼做，再根據後續發展調整。」奧修先生說：「星期三早上聽起來如何？」

我們沿著走廊往回走，我突然發現這是第一次我站在布萊克莫爾旁邊，而他沒在欺負我。當我們經過表演廳時，我注意到在一堆才藝表演海報旁邊，張貼了一張不同的海報。我停下來細看，布萊克莫爾則繼續前進。

「星期三見，比—比—比利。」他轉過頭說：「我等—等—等—等不—不—不及了！」

不知道為什麼，我覺得比起教他數學，恐怕要多付出其他的什麼，才能讓他不再當個可怕的人，但至少奧修先生會在那裡保護我。我抬頭看著新貼的海報。

在想要不要報名才藝表演嗎？

想加入樂團嗎？

想排練你的節目嗎？

想在小型而友善的觀眾面前練習？

十一月二日星期三　中午十二點半到下午一點半

在音樂俱樂部舉行公開排練。

歡迎來當觀眾或加入表演。

「你想去嗎？比利？我看到你一直盯著爵士鼓。」亞歷克斯站在我身後問。

「想，我真的很想再打一次真正的鼓。」

我記得艾莉說過她會去看排練，這讓我更想去了。我還不能上臺表演單口喜劇——要等到我完成口吃課程才行——但我可以打鼓給她聽。自從奧修先生教我怎麼打爵士鼓後，我一直很拚命的在練習。

「不過，我以為一定要先組個樂團。」我對亞歷克斯說：「你會玩什麼樂器？」

然後我才想到他的聽力障礙，頓時發現自己可能說了什麼蠢話。我正要道歉時，他顯然看到我臉上的尷尬表情，突然哈哈大笑。

「儘管聽起來很瘋狂，但我媽在過去的七年裡一直強迫我學鋼琴，我不知道為什麼。我甚至聽不到我彈出來的琴音！但是她堅持『閱讀音樂是每個人都應該學習的技能』。」

「那真是太棒了！」我說。

「大概吧！媽媽只是對我和其他兄弟一視同仁。他們上鋼琴課，所以我也要上，就算我聽不見也沒差。我想我只是學習方式和他人有點不同罷了。」然後他又引用了他媽媽的話：「『與眾不同是件好事，亞歷克斯。充分利用它，把它當成你的優點。』」

亞歷克斯模仿他媽媽模仿得很像。他拉高聲音，還甩了甩頭髮。當下課鐘聲響起，走廊擠滿孩子時，我還在笑。我從告示板上抓起一張傳單，塞進口袋。

放學後我去了橡樹園。我衝進麵包奶奶房間時，差點撞到正慢慢走出去、手上仍然緊緊抓著狗相片的吉本斯太太。我低聲道歉，盡量避免去看她。她就像活生生的鬼魂。當我繞過她時，我看到麵包奶奶坐在她平常的位置，看著《倒計時》。

「我甚至連螢幕上的字母都看不到了，比利。我不知道為什麼我還在看這個愚蠢的節目。關掉它，親愛的，告訴我你今天過得怎麼樣。」

「嗯，我有大消息要告訴你。」我說，幾乎無法掩飾我的興奮。

「那就趕快說啊！聽起來很有趣的樣子。」

「我要說了喔！我報名參加才藝表演了，麵包奶奶！我要在舞臺上講笑話，就像你希望我做的那樣。還記得我承諾過你的事嗎？嗯，這就是了，我這就要去做了。」

「嗯，比利。」她一邊微笑，一邊用她的小手捧著我的臉，看著我的眼睛。「我會坐在前排為你加油。我簡直等不及了！」然後她伸出她的小指，我們再次小指相勾，做出承諾。

第17章

Q貓過生日喜歡吃什麼？
A果凍和老鼠霜[1]。

我十二歲了！

我喜歡當個滿十二歲的人。明年所有的大人都會談論我滿十三歲的事。事實上，他們已經開始了！再過不了多久，你就會是青少年了！這還用說？不是人人都知道的事嗎？就像我過十歲生日時一樣。我還特地數了到底有多少人對我說：「終於兩位數了！」一共四十八人，這還不包括我開始數之前就對我說過的那些人，所以我猜正確的數目應該接近六十。很多人在做同樣的事情，我不知道該說什麼，對這種情況，你還能怎麼回應呢？

克洛伊現在也面臨同樣的狀況，只不過主題是她搖搖晃晃的牙齒。「你要用一條線綁住牙齒，然後固定在門把手上。」她一而再，再而三的聽到這句話。我都可以預見又有人這麼說時，她臉上的表情，不知道他們想聽到她說出什麼樣的回應。同時，我也在為她數數，到目前為止，一共有十七人說過，如果牙齒可以堅持得更久不掉下來，數字還可能更高，我打賭應該會超過二十五。我告訴她我在記錄的事。她微笑，彷彿很高興有人注意到了，然後繼續給她的小馬娃娃穿衣服。

今天早上有人敲門時，我跑去開門，希望送來的是我生日禮物。一個臉色蒼白的送貨員站在門口問：「你想將你的爵士鼓放在哪裡？」我開心到差點爆炸！

我讀了送貨員遞上的卡片：

1 原文為「Jelly and mice cream.」，mice 是老鼠，而 mice cream 發音與 ice cream 冰淇淋相似。

親愛的比利：

不要擔心別人怎麼說……努力製作噪音，並且盡情享受吧！說不定我坐在橡樹園就可以聽到你的鼓聲呢！你是世界上最好的孫子，我非常愛你。

麵包奶奶

媽媽接過去讀，小聲說：「我覺得她已經神智不清了。」

我簡直不敢相信麵包奶奶為我買了鼓。我看得出來爸媽似乎不大高興，她甚至沒有事先告訴他們一聲！

我盡快換好衣服，一路跑到橡樹園。當我抵達她的小房間時，已經完全是上氣不接下氣，然後我非常用力的擁抱她。她笑著說：「我的乖孩子。」一遍又一遍。我能感覺到她睡袍下的瘦弱身軀，彷彿我再用力它就要折斷了。她顯然是拜託橡樹園的護理人員幫她上網訂購的。她說她還有一些積蓄，想送我一件非常特別的禮物，然後她在我和她說話時睡著了，所以我甚至沒辦法好好向她說再見。

標準尺寸的爵士鼓組！我還以為我會一輩子都只能用鉛筆練習呢！我實在太喜歡了。當我回家時，爸爸正在車庫裡架設鼓組，雖然他看起來不太高興。我連續打了四個小時，直到手上開始起水泡才停下。然後媽媽進來說鄰居來抱怨了，所以我們「需要訂定一些規則」。

我真希望我有一間隔音工作室，那麼我就可以沒日沒夜的打鼓。爸爸說限制時間是件好事，否則我有可能聽力受損。他強迫我戴防噪音耳罩，看起來蠢極了。我完全找不到戴這東西的意義。打鼓就是要響亮！我決定只在他和我在一起時才乖乖戴上。

我正在練習我的雙擊（就像普通的擊鼓，只是每根棍子要擊打兩次），很難。爸爸把他的舊吉他從閣樓拿出來和我一起彈奏。我甚至不知道他還會彈吉他，他彈得相當不錯，聽起來很有樂團的樣子，我想把我們的樂團取名為「鯊魚」。

當我們一起彈奏時，感覺真好，彷彿我們正在用音樂交談一樣，就像是一種不同的語言。他說我們配合得天衣無縫，我猜他和我一樣很滿意，所以我相信這套鼓應該可以留下來。

爸媽送我一支很酷的麥克風當生日禮物，讓我用它來練習講笑話。它看起來像真金打造的，上面有按鈕可以改變你的聲音。當他們不再讓我打鼓時，我便拿著麥克風在客廳為他們表演。我喜歡將聲音變成卡通花栗鼠，並把最近的笑話一一講給他們聽。「為什麼海鷗會叫海鷗？因—因—因為如果它們飛越的是海灣，它們就變成了貝果[2]！」這個笑話讓克洛伊笑得太厲害，還因此小便在褲子上。

客廳演出結束後，我把麥克風收在我房裡最高的書架上，這樣我躺在床上要入睡時就能看到它。我決定在參加口吃課程，變得能流利說話之前都不再用它。光是看著它就令人興奮，我知道下次我使用它時，就能好好說話不會口吃了。

口吃學校到現在都還沒給我回覆。他們最好快一點，畢竟新一期開課日就在一週之後！我已經開始祕密打包行李，而且還調整了很多次。為了最後站在大箱子上的演講，我準備了我最喜歡的藍色連帽衫和黑色牛仔褲。我把行李藏在衣櫃後面。

我下樓時看到郵箱下面的地板上，躺著一個寫著我名字的大信封。郵差已經來過了，送來了我素未謀面的姑婆們寄來的卡片，以及表兄妹們送的禮物，所以我想不出這會是誰寄的。但是信封一打開，我馬上就知道了。那是一本手工書，上面畫了一座美麗的舞臺，絲絨布幕垂落，聚光燈下是拿著麥克風的我。畫的最上方寫著：

永不完結的笑話書

作者　比利・普林頓

繪圖　史凱拉・諾金斯

裡面每一頁都寫著一則我最喜歡的笑話，旁邊畫著對應的卡通插圖。史凱拉肯定花了很多時間。當我讀到最後，發現還剩許多空白頁，她在那兒寫著：

2 海鷗 seagull，去掉海 sea，再和海灣 bay 組合起來，唸起來就像貝果 bagel。

只要你繼續講笑話，
我就會一直畫下去……

我感動到不知所措，於是我拍拍自己的臉頰說：「振作起來，比利！看在老天的分上，你十二歲了。」然後我拿起專門為我繪製的笑話書，將它放在書架上，混在其他書裡面。我真不敢相信史凱拉記得我講過的所有笑話。也許這就是她在午休時一直在做的事，她花了全部的時間為我畫了這麼美的圖。我等不及讓她在舞臺上看到我，第一次能流利講笑話的我。

下午時，馬修、約書亞和亞歷克斯都來了。這是我第一次邀請朋友在我們家過夜。他們到達後，我們開始享用晚餐，全是我最喜歡的菜——加了大量義大利青醬的乳酪通心粉和大蒜麵包。然後我們在車道盡頭的樹林裡進行了一場軟彈玩具槍射擊戰。爸媽給我們每個人各一把軟彈槍，以及兩百顆子彈！克洛伊不想玩，所以她站在樹林邊緣，拿著她的啦啦隊花球為我們加油。

我、亞歷克斯和媽媽一隊，爸爸、約書亞和馬修一隊，克洛伊當觀眾。我們必須從樹上救出一條瑞士三角巧克力，並在沒有被擊中的情況下將它帶回我們的基地，成功的那一隊可以吃掉它。我們進行了三場比賽，我那隊贏了兩場，之後我們將瑞士三角巧克力分給大家一起吃。後來媽媽、爸爸和克洛伊先回家，我和客人們留下來繼續玩，直到我們的手指因為太冷變得麻木，再也無法扣動扳機時，我們才回去喝熱巧克力、吃生日蛋糕。

吃完蛋糕，我們去車庫玩爵士鼓。馬修玩爸爸的吉他，他在學校上了吉他課，彈奏得相當不錯。約書亞拿著鈴鼓加入，因為那是我們唯一擁有的另一樣樂器了。我模仿約書亞，拿著鈴鼓晃來晃去，就像無法停止演奏一樣。約書亞跟在我後面，我們一直在車庫裡跳來跳去，直到笑得停不下來。我們沒有鋼琴可以讓亞歷克斯彈奏，所以他將就使用克洛伊的舊玩具木琴。

我們的合奏聽起來還不錯。我問他們要不要在音樂俱樂部的預演日上場，這樣我就可以在學校打那套爵士鼓了。我當然不會告訴他們我想表演給艾莉看，絕對不能說！他們說會考慮一下。然後我們在我的房間裡一邊看《野蠻遊戲》，一邊吃爆米花。

亞歷克斯晚上十點半就睡著了！我真不敢相信。尤其是他還和我打賭五條花街巧克力，說他會是最後睡著的那個人。亞歷克斯很好勝，有一次他和我打賭一英鎊，賭誰屏住呼吸的時間更長。我贏他二十秒，但他從來沒把錢給我。約書亞和馬修都在十二點前就睡著了。我們甚至沒跨過午夜。

我最後吃了兩袋 M&M 巧克力，加上全部的小熊軟糖，然後覺得真的很不舒服，不得不在半夜跑去找媽媽。我出了一身汗，還以為會吐在她身上。她很幸運，我沒有吐。她陪著我一起深呼吸，撐過那段噁心想吐的時間。我覺得自己變回了小小孩。

我的睡衣派對和我計劃的不大一樣，當我感覺好一點時，我偷偷溜回房間。媽媽說我必須那麼做，「否則他們醒來就會找不到壽星了」。我和亞歷克斯以反方向睡在一起。房間裡太黑了，他又太安靜，我只好伸手去檢查他是不是還活著。當我用手指去摸他的腳趾時，他正好翻身，我嚇得差點跳起來！

在那之後，我躺了很久還睡不著。我想著自己的生日，我的朋友都在我身邊打鼾。我真的有朋友了！我現在唯一需要的只是口吃學校趕快給我回覆。我睡前又檢查了一遍，不知道為什麼他們回封電子郵件要花這麼長的時間。一旦我擺脫了愚蠢的口吃，我的生活就會正常而完美。雖然，說實話，這次的生日感覺已經相當完美了。躺在床上，聽著鼾聲，抬頭看著我獨特而美麗的笑話書和專屬麥克風，我真心感到幸福，打從心底的幸福。

第18章

Q為什麼灰姑娘會被踢出足球隊？
A因為她一直從舞會中跑出來／躲著球[1]。

在亞歷克斯、馬修和約書亞收拾好睡袋並被家長接走後，我試著告訴媽媽，我因為昨晚吃太多小熊軟糖，到現在仍感到不舒服，無法去踢足球，但是她不相信我。

「你每個星期都在找藉口。」她一邊說，一邊將克洛伊的舞蹈用品裝進提包裡。我裝出一臉很難受的樣子，但是她不相信。「我得帶你妹妹去舞蹈教室排練。難道你不想踢球，想去她那裡？」我搖頭。「你爸爸去工作了。拜託，比利，不要給我找麻煩。」

我想對她說：「你才不要給我找麻煩呢！你都不知道我過得有多辛苦。為什麼你不讓我過得輕鬆一點？」但是我馬上想到車庫裡的爵士鼓、麥克風、睡衣派對和所有其他的禮物，決定還是不再多說。我絕對不想去看什麼愚蠢的舞蹈教室排練，所以我帶上了我的守門員手套和球鞋，上車，在車裡聽音樂。

當我們到達足球場時，媽媽讓我在停車場下車，她透過車窗大喊：「再見，親愛的。祝你好運！」然後就把車子開走，於是等我看到他時一切都太晚了，媽媽早離開了。我可以看到克洛伊的頭頂在車子轉進馬路時消失，我強忍去追逐它的衝動，一陣惶恐頓時在我心裡升起。我感到很不舒服，而這次的原因絕對和小熊軟糖無關。

因為過生日太興奮，我完全忘記事先確認這週的對手，居然又是布萊克莫爾的畢斯頓流浪者足球隊。我環顧四周，不顧一切的想找個地方躲起來，然後我看到站在一旁，雙手插在口袋裡，紅頭髮被風吹到臉上的艾莉。幾天後會看我打鼓的、班納代爾中學的艾莉。我想我一定是瘋了，她為什麼會在這裡？我看了又看，一次又一次，但她還在。她看到我在看她，對我微微一笑。我不確定她是否記得我，或者她只是因為我盯著

---

1 原文為 running away from the ball，ball 同時有舞會和球的意思。

她才對我微笑。我有點不好意思的向她展露笑顏，但在此時，我的教練喊我去熱身，我將視線從她身上移開，慢慢跑過去加入其他隊友。我沒看到布萊克莫爾，鴕鳥的告訴自己他今天可能沒來。

當我在球門上下跳躍為自己熱身時，我看到他在球場的另一端對著我咧嘴微笑，將足球放在兩腳之間準備進攻。哨聲響起，我發現他在前場比賽，所以我無法避開他。我告訴自己這不算太糟。所有的人都在看，他能做什麼太過分的事？我忍不住瞥了一眼和父親站在一起的艾莉。

就在這時，球重重的擊向我的胸部，一瞬間，體內的空氣全被擠壓出來，我跪倒在地。然後我看到球就在我前方，急忙跳上去抱住它。我擋下了這場比賽的第一個進球！現在我真的必須集中注意力，我不想在艾莉面前丟臉。當我再抬頭時，我發現將球踢向我的人就是布萊克莫爾，他顯然很不高興我攔下它。

在接下來的比賽裡，我擋下的球和沒擋下的差不多各半，基本上還算不錯。只是畢斯頓流浪者隊每進一球，布萊克莫爾就會大聲吼叫歡呼，喊一些像「可憐的比—比—

比利．普林頓」或「運氣真差！比－比－比利．普林頓」之類的話。

他在某些方面非常聰明。他知道如何隱藏他正在做的事情，以逃避可能的處罰。大人不知道該拿他怎麼辦。當我望向艾莉時，她看起來不曉得是無聊，還是悲傷，我分辨不出是哪一種。

接下來是他們的角球，我試圖尋找一個可以讓我看清狀況的位置。角球對我來說是最糟糕的，我太矮，什麼都看不到。布萊克莫爾全力壓制我。他用肩膀推擠站在球門內的我，以他高大如塔的身型牽制我。當球進入禁區時，一切都變成了慢動作。它越過布萊克莫爾，朝我飛來。我舉起雙臂，盡可能跳得更高。他轉過頭，看見我要搆到它了，便用力推開我。

然後時間再次加速。我往後方的網子飛去，頭撞在後柱上，躺在地上頭暈腦脹了好久，感覺像馬上要暈倒似的。我搖搖頭，眨了眨眼，就在我備起身時，看到他高高的站在那裡，對著我不懷好意的咧嘴一笑。

「比利，你需要更小心一點，兄弟。」他蹲下來在我耳邊低聲說：「也許不應該讓你來教我數學，而應該讓我教你怎麼說話。」他跪下，伸出一隻手重重的壓住我的胸口，不讓我起來。「你想要我幫助你站起來嗎？」我知道在我開口求他之前，他是不會讓我起來的。

就在我說：「威─威─威─威─威廉……」時，艾莉突然出現。她衝入球場，看起來非常生氣！她一把抓住布萊克莫爾的球衣，將他從我身上拉下來，用力推開他。而他居然直接轉身走開，一邊走，還一邊大聲唱歌。

她向我伸出手，但我沒接受，只是盡快爬起來。我不敢看她，卻聽到她說：「我為我愚蠢的繼弟向你道歉。他是個白痴。」

她的繼弟！她怎麼會和布萊克莫爾是家人？我很困惑，一時無法理解。當裁判走過來問我是否還好時，我說我頭暈，他叫我去坐在旁邊的長凳上。

我趁著艾莉去休息室拿果汁和餅乾給我的時間細想這一切，直到她微笑在我身邊坐下。「你還好嗎？」

「還─還─還好，我已經習慣了。」在我說話時，她只是坐著看我，耐心等著，就像我在越野賽遇到她時那樣。

「你不應該習慣的。」她語帶悲傷的說。

「你和他住在一起嗎？」我問。

「天啊，沒有！我爸爸娶了他媽媽。我只是隔週週末去一次，如果你問我，我會說那還是太頻繁了。我真希望我爸爸從來沒有和那個愚蠢的家庭扯上關係。」我不知道該怎麼回應，所以我們只是靜靜的坐在那裡看比賽。然後她突然說：「我爸爸小時候也會口吃。」

「真的嗎？」我無法掩飾聲音裡的驚訝。我從未在現實生活中，遇過任何會口吃的人。我甚至相信自己是唯一有這個問題的人。我不知道該說什麼。我心裡有很多問題，但第一個說出來的卻是：「他的口吃和我的一樣嗎？」我記得紀錄片裡哭泣的貓女士和發怒的男人，我想知道他是否也像他們其中的一個。

「不知道，我沒親眼見過。」她繼續看比賽。

「嗯，我下週要—要—要去參加一個課程，會讓我擺脫我—我—我的口吃。」我說。我從未告訴任何人課程的事，我甚至還沒收到他們的回覆，所以我也不知道為什麼我會在面對艾莉時脫口而出。

「真的？」她問。

我點點頭。我不知道為什麼，但我突然感到喉嚨一緊，眼眶發熱，不過我認為她沒注意到。

「自從我爸爸搬進他們家後，威廉和他愚蠢的哥哥迪倫就一直表現得很糟糕。」她將頭往後靠，仰望著天空，陽光灑在她的頭髮上，看起來像加了一圈光暈。「他倆都認為他們的父母會破鏡重圓，儘管聽起來他們的父親是一個非常討厭的傢伙。當我爸向他們媽媽求婚時，我想他們終於意識到父母不會再復合，於是迪倫便將怒氣發洩在威廉身上，對他很不好。」

「我相信我見過他一次。」我說，想起那個大男孩憤怒的臉。

「這可能是威廉為什麼行為脫序的原因，當然不是在為他找藉口，更別提除此之外，他還那麼討厭學校。」

「真的？我無法想像布—布—布萊克莫爾討厭學—學—學—學校。他看起來很喜歡在學校閒晃，欺—欺—欺—欺負所有人。」

「喔，不，他恨死學校了。每次我去威廉家探望我爸時，他總是想盡辦法不要去上學。有時候他們不得不把哭個不停的他拖上車。所有的科目他都跟不上——他在念小學時，幾乎不會拼讀。他們讓他接受各種不同的測試想找出原因。不過，這些都不應該是他去霸凌別人的理由。」然後我們又坐了一會兒，一起抬頭仰望天空，她問：

「你下週會去音樂俱樂部的排練日嗎？」

「會。絕對會！」還沒來得及想我在說什麼，話就已經脫口而出。

「哇！嗯，所以我到最後還是可以聽到你打鼓嘛！」

當教練告訴媽媽我「頭部受傷」時，她對自己強迫我下場比賽感到很內疚，於是我得以在她看報紙時，一整個下午都躺在沙發上看電影。

「我可以給你拿點什麼嗎，親愛的？」她一邊走去廚房，一邊問我。被人照顧的感覺真好，我想。也許我應該經常受點傷。

「請給我一點果汁。」我虛弱的說，「喔，也許再來點洋芋片？」

「馬上來。」她說，將報紙放在咖啡桌上，報紙底部一個標題吸引了我的注意力。

對大腦電擊有助於治療口吃

我坐起來，一把抓起報紙。這篇報導是在寫，如何透過黏貼墊片向大腦發送電脈衝。我在媽媽回來前迅速將它撕下，打算之後再找機會仔細閱讀。我要把它釘在軟木板上，藏在我的清單下面。就在我要把它對摺起來時，我看到文章的底部寫著目前仍「處於實驗階段」，「至少要再過五年才有可能準備好用在臨床上」。感謝語言之神，我不用等這個準備好，五年實在太久了……

第19章

Q我們怎麼稱呼一群喜歡數學的朋友？
A代數兄弟[1]。

星期三早上的下課鐘聲響起，我的心不停的往下沉，我必須和他一起度過整整二十五分鐘。我走進教室，發現裡面空無一人，很想立刻轉身逃跑，可是當我一回頭，便看到他站在那裡。

「你的頭怎樣了？比利？」他一邊假笑，一邊說。奧修先生在他身後。

「你的頭怎麼了？」奧修先生在我們往裡面走時問。

1 原文為 Algebros，是代數 algebra 的變音哏。

「只—只—只是週末的足—足—足球賽，先生。我們兩隊對抗。和學校沒有關係。」

「鏟球意外？」他問，目光專注的看著布萊克莫爾。

「嗯—嗯—嗯，先生，那球精采到幾乎可以上教科書了。」我努力裝出體育評論員的語調，做出把想像中的麥克風放在嘴邊的手勢。「現在輪到畢斯頓流浪者隊進攻，他們剛才的角球踢得很好。霍特威爾英雄隊面臨極大的壓力。理查茲將—將—將—將球高高傳給布萊克莫爾，體育場的燈光太亮，似乎晃瞎了布萊克莫爾的雙眼。發—發—發生了什麼？布—布—布萊克莫爾把普林頓的頭誤認為是球！真是毀滅性的畫面。普林頓的頭飛了出去，直接飛入球網後面。你看，教科書案例。」

布萊克莫爾忍不住哈哈大笑。

「聽起來好痛啊！比利。」奧修先生說：「不過，很顯然那一摔沒有因此摔掉你的幽默感，不是嗎？」

當奧修先生也在場時，我對布萊克莫爾的感覺有點不大一樣，就像可以展現更多自我，不再那麼害怕。

「好吧！孩子們，接下來要做的比以往任何事都重要。我在這裡改作業，你們一起做這週的功課，聽起來如何？」

「好。」我們同時回答，儘管布萊克莫爾的語氣和我的截然不同。

我的作業早已完成，所以我只是等著布萊克莫爾把他的拿出來。

「看什麼看？」他咕噥著，我看到奧修先生從他的辦公桌上抬起頭來。

「我已經做完我的了，所以我只需要幫你就好。」我低聲說。奧修先生再次低頭改作業。

當他拿出數學作業時，我看到他書包裡其他的書全都磨損彎曲了。他的數學課本上畫滿了骷髏頭和交叉骨頭的塗鴉。

「頭骨畫得很漂亮。」我低聲說。

我可以看出他想說點什麼刻薄的話，但他望向奧修先生後就忍住了。

作業全是代數。當他在課本裡尋找正確的頁數時，我看到之前的作業他完全沒做。不是潦草的寫兩筆，就是完全空白。我看著他一邊翻頁，一邊漲紅了臉，他的表情和前些日子考試時一模一樣，像個小男孩。我看得出來他不知道該怎麼下手，所以我壓低聲音說：

「嗯，我先做第一題給你看，然後你從第二題開始寫，你覺得如何？」

「乾脆你直接幫我寫完，你覺得如何？」他低聲回應。

「不如這樣吧！」奧修先生的聲音打斷了我們的耳語，「我最後先改你的作業，那麼我就知道你有沒有弄懂你寫的東西，你覺得如何？」

我有點抱歉的看了布萊克莫爾一眼，聳了聳肩。我拿出鉛筆盒，遞給他一枝筆。

直到上課鐘聲響起時，我們連一個問題都沒做完。我一遍又一遍的解釋，並將計算過程寫給他看，他好不容易點點頭，表示聽懂了。但輪到他時，他仍然無法靠自己解出答案。就好像他看不見重點，像他的大腦卡住了一樣。

「根本沒有意義。」他說。

「這有點像我說話。越努力嘗試，結果越糟糕。」

「是的，我也這麼想。」他說，合上課本。

「怎麼樣？孩子們？」奧修先生示意想要看布萊克莫爾手中的課本。

「沒有東西可以給你批改。」布萊克莫爾咕噥。

「你說什麼，威廉？」

「沒有東西可以給你批改，好嗎？」布萊克莫爾大喊，「我做不到。我永遠做不到。你要我來這裡沒有任何意義，太尷尬了。」儘管語氣聽起來很生氣，但實際上他看起來快哭了，我能看到他眼中的淚水。我簡直不敢相信，威廉．布萊克莫爾會哭。

「好，不用擔心。這種事情需要時間。你不會放棄他，對吧？比利？」

「不—不會，先生。」我說，在這一刻我是認真的。我想幫助威廉．布萊克莫爾。當我要離開時，奧修先生說：「比利，你能再留一會兒嗎？」我們看著布萊克莫爾喪氣的偷偷溜走。

「我希望你不要因為我要求你這麼做而生我的氣。」他咬著指甲說。

「不會，先生。」

「雖然你不承認，但我知道發生了什麼事，比利。」

我只是點點頭。

「如果你不說，我能做的只有這麼多，但我只是想讓你知道我會保護你。我不會讓它繼續發生，好嗎？」

「我只是希望事情可以簡單一點，先生。」

「我也是，比利。有時候，我們需要另一件事來轉換心情。」說完他遞給我一對鼓棒，並從辦公桌上拿出他的小號說：「一起來嗎？」

午餐時，我四處張望尋找史凱拉。她整週都沒上學，所以自從我拿到她送我的笑話書後，我就沒有見過她。今天早上我問奧修先生她沒事吧？他說她應該午休時間就會回學校。不過，我到處都看不到她，於是我坐下開始吃薯條。我真的很想在表演廳為她再做一場演出，把我要在才藝表演上的段子順一遍。當我準備離開餐廳時，她出現在門口，她頂著一頭亂髮，看起來比平時更邋遢。

「你—你—你還好嗎？」我問。

「我很好。」她說。

「你去哪裡了？」

「過去兩週我媽媽狀況真的很糟糕，所以我留在家裡照顧她。」

「聽起來很辛苦。」我說。

「是的，嗯，反正現在我回來了，準備好見識神奇的班納代爾生活！有什麼新鮮事嗎？」

「自從我生—生—生日之後，就一直沒見到你。」我說，「你的禮物是我見過的最棒的東西。」

「你太誇張了，兄弟。我並不這麼認為。我只是沒錢，所以想自己動手給你做點什麼。有點幼稚吧？」

「不會，我很喜歡。」

我想擁抱她，但忍住了。她看起來很悲傷，很孤單。我覺得她不明白我有多愛她的禮物，但在我望著她的時候，我看到艾莉走進餐廳，於是我停下一切動作。

「嗨—嗨，艾莉！」我說，試著裝出隨意的語氣。她沒有聽到我的聲音，而史凱拉在我說這句話時，已經轉身進了走廊。

「班上見！哈比人比爾博。」她對著我喊。

我回家之後翻閱了所有的舊數學課本，試圖回想我當初是怎麼學會代數的。當克洛伊騎著一匹想像中的小馬疾馳而過時，我突然想到一個好主意。

「克洛伊，你——你知道代數是什麼嗎？」

「某種疾病？」

「哈！不是，它和數學有關。你想—想要我示範給你看嗎？」

「我討厭數學。」

「我可以用小馬當例子喔！」

她看起來還在猶豫。

「我給你一塊我的生—生生日巧克力。」

「好！」她飛奔而來，將她想像中的小馬綁在洗碗機上。

在花了我五塊生日巧克力，以及舉很多獨角獸和各種想像中的小馬為例之後，我相信克洛伊已經對代數有了模糊的概念。如果我建議布萊克莫爾使用馬和神話中的生物來做作業，他顯然會將我的頭塞進烤箱裡，不過我覺得我可以試一試。我需要的，只是找出他喜歡什麼。

第20章

醫生：我有壞消息和非常壞的消息。
患者：好吧！你還是先告訴我壞消息吧！
醫生：實驗室打電話給我你的檢驗結果。他們說你只能再活二十四小時。
患者：二十四小時！這太可怕了！那麼非常壞的消息是什麼？
醫生：我從昨天開始就一直在找你。

這週我的口吃非常嚴重，真是奇怪。明明我的學校生活越過越好，我的朋友們很棒，我的笑話也變得更好笑了。我每天下午都去橡樹園，前兩天麵包奶奶還說她笑得太厲害，笑到覺得自己都無法呼吸了。那時我在模仿媽媽和爸爸斥責我的樣子。我現在可以學媽媽學得維妙維肖：「比利．普林頓，現在馬上過來。為什麼我廚房地板上會有五雙你的鞋？這裡可不是鞋店，請多尊重這棟房子，拜託，我已經快受不了你了。」我聽起來和她一模一樣，不管是發聲，或者是她在句子結尾時呼吸的方式。

當麵包奶奶喘個不停時，我不得不請護士進來看看。她告訴我，也許我應該「暫時讓笑話停工一下」。

麵包奶奶非常大聲的說：「絕對不行！」然後又開始大笑。

我甚至認為，當我找到方法幫助威廉．布萊克莫爾學好數學時，他可能就不會對我那麼壞了。所以你會認為我的口吃應該比較好才是，而非變得更糟。可惜它並不是這麼運作。有時候很合理，當我感到疲倦或壓力過大，或事情很煩人時，情況會變糟；但有時一切似乎都很好，它卻會無緣無故的變嚴重，實在是太煩人了。

今天在加拉格爾太太的戲劇課，我們圍坐成一圈，她要求每人講一個笑話、謎語或事實。真棒！我一邊想，一邊在腦海中將我最新的十大笑話清單瀏覽一遍，篩選我要講的笑話。

我坐在圈子的尾端，越多人講完，我就越興奮，越不耐煩。我想到一個完美的笑話，而且還沒說給任何人聽過。那是我在圖書館的笑話書中讀到的。我悄悄的在腦子裡編輯，好讓它聽起來更具真實性。

今天吃早餐時，我老公我爸問，「你有書嗎，馬克[1]？」我頓時哭了出來。

我四十二歲十二歲了，他仍然不知道我的名字是莎拉比利。

我在腦子裡一遍又一遍的複習，試圖讓每個字都用得恰到好處，決定表達哭泣時要用什麼聲音演繹。雅斯敏開始講一個關於馬的謎語，結果一時口誤將答案說了出來。所有人都咯咯笑，她看起來很尷尬。突然間，巨大的恐懼湧上心頭。我做不到，每個人都會笑話我。但是就在同一時刻，加拉格爾太太叫我，「比利，換你了。」

我試著忽略對自己能力的懷疑，直接開始講笑話。

「今—今—今—今—今—今—今—今——」我深吸一口氣，再試一次。「今—今—今—今—今—今—今——」我嘗試像大軟軟說的，創造輕柔的聲音，先講了一個輕柔的「今」，然後「天」便順利出口了。但是我很快又卡在「我」上面。我可以看到每個人尷尬的表情，其中兩人明顯在壓制想咯咯笑的念頭。在我放棄並坐下之前，加拉格爾太太等了很久，可是我沒有講超過「書」這個字。我把頭埋在兩腿之間，只想逃走，找個沒人的地方躲起來。

這天剩下的時間，我的心情都很不好。我試著避免和任何人交談，沉默的和史凱拉坐在一起吃午飯。

「你還好嗎？哈比人比爾博？」她說。

我只是點點頭，一言不發的收拾我的托盤。然後我獨自在走廊裡閒晃，也不去音樂俱樂部。我真是等不及要消滅我的口吃，我恨死它了。

回到家後，我做的第一件事就是查看電子信箱，有一封來自口吃學校的郵件在等我！

---

1 原意為「Have you got a bookmark?」問有沒有書籤，但笑話將它斷句為「Have you got a book, Mark?」。

親愛的比利：

感謝你的來信。

恐怕我們的課程不適合年僅十二歲的孩子。我們的課程設計要幫助的對象，是有口吃的成年人。對於一個十二歲的小孩來說，我們的方法過於密集，對身體、心理和情感的要求過於苛刻。然而我們已經成功幫助了許多青少年，所以歡迎你在一年或兩年後再與我們聯繫。

很抱歉，在此階段我無法提供更多幫助。也許你可以向英國口吃協會求助，請他們提供你居住地區的適合治療建議？他們的網站是 www.stamma.org

最好的祝福，

布萊恩

我在臥室讀電子郵件，渾身發熱，異常生氣。我用力扔下 iPad，對著鏡子裡的自己大吼大叫。我的臉漲得通紅，看起來非常嚇人。既害怕又嚇人。各種想法在我腦海裡盤旋，太多思緒，感覺鬧哄哄的，彷彿它們是從其他地方來的，而不是出自我的大腦。我看到軟木板上的清單只剩一個選項。

1.參加口吃課程

它回望我，就像在嘲笑我一樣，一遍又一遍。參加口吃課程，參加口吃課程，參加口吃課程。我一把抓下清單，將它擰成一個球握在拳頭裡，用力到我都能看見指關節泛白、泛紅。滿腦子的思緒，越來越吵，我舉起雙手壓住耳朵，卻仍然聽得到那些盤旋的想法。

就是這樣了，你會永遠被口吃困住。連在愚蠢的戲劇課講笑話都辦不到，還痴心妄想要上舞臺？

我癱在床上。要是它變得越來越糟的話，該怎麼辦呢？我可不想再等「一、兩年」。我現在就必須擺脫它。各種想法不斷翻騰。

你現在無法讓你的父母為你感到驕傲。

你不是個有趣的人，永遠都不是。

你已經告訴艾莉你下週要擺脫口吃，她會認為你是個騙子。

你會永遠被布萊克莫爾欺負，而且無能為力。實在太可悲了。

各種想法一個又一個湧入我的腦海。

才藝表演呢？你答應過麵包奶奶的，她會很失望。

我想像告訴麵包奶奶時她臉上的表情。我無法應付那個畫面，開始用力揉搓自己的額頭，像要把它擠出我的腦袋似的。

我開始對著鏡中的影像哭泣。當我無法再直視自己時，我拿起書架上所有的笑話書，把它們全扔進垃圾桶。史凱拉畫的美麗封面在最上面，正對著我。然後我撲倒在床上，拿了一個枕頭壓在頭上。

「愚蠢的口吃。愚—愚蠢的口吃。愚蠢的口吃。」我對著枕頭套內大喊。

我握拳用力打在枕頭上，試圖擺脫我大腦裡的結巴。一定有辦法可以擺脫它的！我需要將它移除，從腦子裡扔出來，而且現在就要。

突然間，我想起報上的文章，我發現它還藏在我的清單之下。也許我可以這麼做，我可以靠自己擺脫它。我所需要的只是讓電流進入我的大腦，重新編寫它，利用電擊讓它變得正常。

我從床上跳起來，一把抓住鬧鐘，打開後背板取出電池。我需要將它們放進我的腦袋，我需要做點什麼。我感覺自己很瘋癲、很狂野、完全失控。我將電池接頭壓在我額頭的一側，另一顆壓在另一側，然後盡可能的用力按壓。「生效吧！我需要你們發揮效果！」我等了好一陣子。

什麼都沒發生。

然後我想起了我的電路科學實驗套組，將它從架子上取下。我用膠帶將電線的末端貼在我的太陽穴上，然後用鱷魚夾夾住電池，覺得自己像正在努力研究出新發明的瘋狂科學家。我對著天花板大喊：「老天爺啊！求求你！讓它生效吧！」然後打開開關。

沒有感覺，但說不定電流已經流入了。

我記得紀錄片裡的人胸前綁了帶子，於是我找到一條腰帶，把它繫在我的胸膛上，然後用力拉緊。我打開開關，又關閉開關，盯著鏡子尖叫：「生效吧！至少產生一點效果！」

媽媽一定聽到了我的尖叫聲。她慌亂的跑進來，一把抓住電池，將電線從我頭上扯下，用力扔到房間的另一頭，緊緊抱住了我。「你在對自己做什麼，我的乖孩子？」當她輕輕的解開皮帶時，一遍又一遍的重複。「你在對自己做什麼，我的乖孩子？」她哭了，我也哭了，最後我將那張皺巴巴的報紙遞給她。

就是這樣，結束了。我做不到，我成為單口喜劇演員和參加才藝表演的夢想結束了。我不能再講笑話，也不會在表演廳表演。

現在我只要一想起麵包奶奶，就想尖叫、哭泣。我已經違背了我和她勾小指頭的約定。當你承諾又做不到時，會遭到什麼報應？也許我很快就會知道了。想到這裡，我不禁打了個冷顫。

第21章

Q我告訴朋友，洋蔥是唯一能讓你流淚的食物。
A他朝我扔了一顆椰子。

史凱拉今天又沒來上學，所以我不必在她面前假裝一切都好。她總是知道我什麼時候在說謊。有一次在午餐時，我們互相講述關於自己的奇怪事實，我試圖讓她相信我可以搖呼啦圈一個小時，但她一聽就知道是我編出來的。我不知道她是怎麼做到的，也不知道我是哪個地方露出破綻。我想多訓練自己說謊時的撲克臉，於是將同樣的事對約書亞說了一遍，但他只是說：「太棒了！」便繼續抖他的腳。然後我對騙他感到內疚，所以我說：「我只是在說笑，我實際上做不到。」他突然靜止了一陣子，說：「比利，有時你的笑話真的沒什麼道理。」然後搓了搓雙手。

我今天早上看起來一定很糟糕，因為我一走進教室亞歷克斯就知道我不對勁。我只是說我不大舒服，但他看著我扮了個鬼臉，不但裝出鬥雞眼，還伸出了舌頭。一直等到我笑了，他才停下。很高興我還有亞歷克斯在身邊。

午餐時間，我在去餐廳前跑到辦公室，把自己的名字從才藝表演報名表上劃掉。我沒告訴媽媽這件事，反正她只會試著強迫我去做。她不懂，沒有人懂。

正當我拿筆塗黑自己的名字時，我感覺到有人站在我背後。

「你在做什麼？比利．普林頓？」是布萊克莫爾。我轉身面對他，我的胃不停翻騰。我望向辦公桌，那位臉上有痣的女士不在。「你想參加才藝表演？」他冷笑，「真是個好主意！」他看起來對自己很滿意。

「不—不不不不—不—不是。」我一邊說，一邊猛搖頭。我站在他面前，這可不是件好事。

「你就是要參加才藝表演，對吧，比利？喔，你看，似乎弄錯了。你的名字不小心被劃掉了。來！讓我為你解決這個問題。」

然後他抓住我的手，強迫我在報名表上寫下我的名字。當我的手在紙上移動，看到自己的名字又出現時，我只想尖叫。我沒力氣抵抗他，所以我順從了，眼淚無聲的滾下我的臉頰。

「我想在舞臺上看到你，比利．普林頓。如果我在那個舞臺上看不到你，我會很不開心。你以為你上週三已經看過我不高興的樣子，是吧？但是普林頓，你錯了。」

「我想出一個可以幫助你—你—你的辦法，」我說：「學—學—學會代數。」我一邊說，一邊知道自己聽起來有多荒謬，多絕望。布萊克莫爾大笑起來。

「我無藥可救，普林頓，你知道的。」

「嗯，我還—還—還是想試試。反正我—我—我們每週三還是得做，不是嗎？」

「好。如果你教會我代數，你可以在才藝表演之前，把名字從這張單子上劃掉。」

「好！」我說。

「星期三見，普林頓。」

就在此時，辦公室女職員回來了，她露出微笑。「勇敢的孩子！」在布萊克莫爾邊走邊跳著離開時，她對我說。

我深吸一口氣，低頭看著寫在報名表上的我的名字。我全身都在抖。我不能在才藝表演中表演單口喜劇。現在不行。我擺脫口吃的計畫如今已宣告澈底失敗，我需要擬一個新計畫。也許就像在自我介紹時一樣，我可以想出一種不說話的方法來表演。

奧修先生從家裡帶來木箱低音吉他，讓音樂俱樂部裡的每個人都試一試。媽媽打電話來學校，告訴他我試圖「電擊」自己。她一直這麼說，但我告訴她那不是我在做的事，她讓它聽起來比實際情況更糟。奧修先生一直問我的狀況，並憂心的看著我。

木箱低音吉他真的很酷。它就像個可以坐在上面的大木箱，把手是掃帚製成的，並綁著一根長細繩，聽起來有點像真正的低音提琴。這是他用舊的威士忌板條箱自己做的。每個人輪流上去尋找節奏，配合艾瑞莎．弗蘭克林的唱片一起演奏，手指在掃帚柄移動可以讓弦發出不同的聲音。馬修坐在大木箱時看起來特別有趣，因為他太高，膝蓋差點撞到下巴，看起來像要弄壞它似的。亞歷克斯彈得不錯，但約書亞彈得最好。他很厲害，整首曲子他都隨著音樂晃動膝蓋，不知道為什麼一下子就無師自通了。

奧修先生像是完全忘了我們還在這裡似的跳起舞來，他低著頭，左點右點，雙手握成拳頭在身旁擺動。我獨自坐在其中一個懶骨頭沙發上，想著布萊克莫爾和才藝表演，無心加入。但是就在此時……我抬頭看到所有人一邊笑，一邊在跳舞，約書亞持續彈奏著，我開始感覺大腦裡有個想法慢慢成形。當這首歌結束，奧修先生停下舞步時，他說我們擁有「真正的爵士樂靈魂」，並且承諾有一天他會把小號也帶來給大家試試。

我必須用巧克力賄賂馬修，還好其他人沒有巧克力也願意答應，尤其約書亞更是異常興奮。我們要組成爵士樂團參加公開排練，然後我要說服他們登上才藝表演的舞臺！那樣的話，即使我教不會布萊克莫爾任何東西（基於上週三的經驗，這是極可能的），也沒關係。反正我還是可以上臺做才藝表演。

我要當鼓手，而非愚蠢的單口喜劇演員！顯然如奧修先生所言：「鼓手到哪裡都很搶手。」當鼓手不必說話。布萊克莫爾並沒指明我必須在舞臺上做什麼，他只說他想看到我上臺。麵包奶奶仍然會在舞臺上看到我。這一切都很合理，一切都說得通。

當他們都答應時，我感到心情稍微愉快了些，甚至有點興奮。我們約好放學後在我家練習。我去找奧修先生，問我們應該在公開排練時演奏什麼歌曲。

「你們要以樂團的方式上場？」他說：「你一定依然打算上臺講笑話吧，比利？」

「不—不，不，我已經放棄講—講講笑話。」我說。

「真的？那會讓我非常難過。」他說。

「我現在想當一名鼓—鼓手。」我說，試圖聽起來很有自信。

「也許還是先放著，比利。不要隨便放棄你真心喜愛的事。」他拍拍我的背。「你是個有趣的孩子，別忘了這一點。」

「我只—只—只—只是想暫時專注在音樂上。」我輕聲說，低頭看著地板，試圖讓自己聽起來像在聊天。

「嗯，這個我絕對幫得上忙。」他俏皮的對我眨眨眼，列了一張清單，上面寫著希望我們聽的歌曲，然後說：「順其自然，別給自己太大壓力，排練表演只是給你們練習的機會，看看你們合在一起的聲音聽起來如何。」他甚至說他會來吹小號，和我們一起演奏！我回到家，進入臥室，將清單上的每首歌都找出來聽。

1. 〈搭乘A號列車〉
2. 〈大篷車〉
3. 費拉・庫蒂的任何作品
4. 〈無可取代的你〉
5. 邁爾斯・戴維斯的任何作品

我在聽的時候，心裡就知道，以我們的水準是不可能演奏這些東西的！

當我在谷歌上搜索〈搭乘A號列車〉時，我注意到所有的笑話書又被放回書架上，就在我的麥克風旁邊，而史凱拉美麗的手繪圖畫從書架上看著我。媽媽顯然在垃圾桶裡找到它們。我不想看到它們，它們只會讓我想起發生了什麼事。我不想講笑話了，那不再是我想做的事。

我覺得有點不舒服，於是我抓起書和麥克風，用滾筒衛生紙把它們包成一團，放進浴室的垃圾桶。現在的我需要忘記這一切，把全部的心力投注在樂團上。

第22章

Q 若將狗和計算器交配，會得到什麼樣的子代？A 一個你可以信賴／用來計算的朋友[1]。

又要去接受愚蠢的語言治療。我真的很生氣，因為今天的食品科技課要做蘋果奶酥，而我卻不得不請假。現在的我覺得去看語言治療師根本毫無意義，可是媽媽說我非去不可。「反正我們必須去把光碟還給她！」她說。早知道，我應該把那張愚蠢的光碟和麥克風、笑話書一起丟進垃圾桶。

本來我應該和約書亞一組一起做蘋果奶酥。我們找到食譜，其他的東西也都準備好了。後來我告訴他我必須請假去看醫生，所以今天會缺席。當他問我怎麼了，我騙他是因為頭痛，但我可以感覺到我在說謊時臉頰漲紅。我不希望班納代爾中學的任何人知道我在接受語言治療，免得太過尷尬。畢竟所有人都會立刻想到——嗯，顯然沒什麼用嘛！不是嗎？

在去蘇的診所的路上，我不發一語。當我們駛進停車場時，媽媽問我：「你還好嗎，親愛的？」

「我很好！為—為—為—為什麼你總要這麼問？」

「以前我們來蘇的診所時，你都還滿開心的。」

「我只—只是想去上學而已。」

「嗯，那太好了，親愛的。這就是我要聽的答案。你必須把事情告訴我，否則我不知道你遇上什麼。」她看起來真的很傷心，很失落。我突然感到內疚，於是我向她道歉，然後我們下車。

蘇正在特殊鏡子的小診療室裡等我們。她看起來和平常不大一樣，頭髮沒有綁起

1 原文為「A friend you can count on.」，count 是計算、數算的意思，同時片語 count on 又意指可以信賴某人。

來，還塗著淺粉色口紅。我知道當我們坐下後，她打算說些重要的話，我看得出來。

「我有話要說，我想在一開始時就告訴你們比較好。」她似乎有點緊張。我想知道她到底要告訴我們什麼。我立刻在腦海裡列清單，寫出各種可能性。

1. 她發現我發了電子郵件給口吃學校，因而生氣？
2. 她打電話報警說我試圖「電擊」自己？
3. 奧修先生打電話給她，說我在課堂上不努力發言？
4. 她知道我把麥克風和書丟垃圾桶的事？
5. 我的口吃會越來越嚴重，直到我再也說不出話來？

她把雙手放在大腿上，繼續說：「我已經遞交辭職通知，即將搬到康沃爾郡。所以，比利，這將是我最後一次和你見面。」她皺眉微笑，從鼻子呼出一口氣，聲音有點響。我不知道怎麼回應才算合適，所以我什麼也沒說。「我真的很高興看到你日漸成長，有機會能認識你這麼多年是我的榮幸，比利。我知道你現在過得很辛苦，所以也許這不是我離開的最好時機，對此我很抱歉。你是個了不起的年輕人，比利。」

我再次不確定我該怎麼回應。應該微笑？還是不笑？她想要我哭嗎？我喜歡蘇。她的確非常友好善良，但我一點都不想哭給她看。不過，她看起來像是快哭出來的樣子。我意識到我現在非說點什麼不可，因為房間裡已經安靜太久。

「你為什麼要搬—搬—搬去康沃爾？」我問。

她笑了。「我們一直想住在海邊，當我看到有個職缺時，我們意識到如果現在不做，可能永遠都不會去做了。若要說目前的工作教會我最重要的一件事，就是你必須善待自己，追隨你的夢想。」

那應該算兩件事吧？我在心裡吐槽。「那—那我要去看—看—看其他的治—治—治療師嗎？」我問。

「嗯，這就是我們今天要討論的問題。」

然後她看起來又恢復以前的樣子，並告訴我有位叫喬的女士會接收她的病人。當她開始談論喬寫的書時，我便沒在聽了，我開始想像魔鏡的另一頭。我想像自己在那裡對著我的麥克風講笑話，但音量直接被調得很低。隔著鏡子說話，誰也聽不見，我的笑話以完全的沉默告終。然後我發現，顯然現在有另一段沉默等著我去填補。

「我不想再接受語言治療了。」我說。

在回學校的路上，媽媽說只要我想，我隨時可以改變主意。她一共說了四次。在她說第四次時，我就決定要繼續數下去。我敢打賭，到耶誕節時，應該至少會到十五次。不管她問我幾次，我都不會改變主意。我不想再去了，我也不想去看喬。如果我不打算成為單口喜劇演員，接受治療就沒有任何意義，我可以當一個口吃的鼓手。我很高興蘇要搬去康沃爾。她想搬家一定是因為整天待在那個小房間裡，看著那面鏡子，想著後方不知道有沒有躲著人，覺得日子無聊透了。我希望她每天都會去海裡游泳，天天看到章魚。

我回到學校，約書亞在下課時間來找我。他給我留了一些他做的蘋果奶酥。放學後我帶著點心去橡樹園，看到吉本斯太太又出現在奶奶房間，我不禁覺得有點煩。她現在老是在那裡——我希望我能和麵包奶奶獨處，但麵包奶奶似乎不介意她一直來找她玩。我給她們看蘋果奶酥，她們都想嚐嚐，所以我用塑膠湯匙餵麵包奶奶吃，我相信她真的很喜歡。我絕對不想餵吉本斯太太，還好很幸運的，當我拿出另一支塑膠湯匙時，她伸手接過就開始吃了起來。我心裡想，這有點像在照顧兩個皺巴巴的奇怪嬰兒，然後立刻為自己這麼想感到內疚。

吉本斯太太走後，麵包奶奶低聲說：「她在你來之前哭了，可憐的女人。」

「為什麼？」我問，並不真的想知道答案。每次看到吉本斯太太幽靈般的臉時，我還是會害怕。

「在她搬來這裡之前，住在一戶小公寓裡。沒有任何家人。除了她的小破爛，永遠是孤單一人，牠就是她的全世界。」

「小破爛就是她經常隨身攜帶的照片裡的狗嗎？」我有些感興趣的問。

「她給我看了一張又一張那隻小東西的照片。老實說，比利，我認為那條狗是她一生的摯愛。」

「牠死了嗎？」

「沒有。」她低聲說，向我靠過來，環顧四周，彷彿接下來要說的是什麼絕對機密。「這就是整件事之所以成為悲劇的原因。來，喝點果汁我再告訴你。」當我拿著特濃利賓納黑醋栗汁往後坐，麵包奶奶開始說她的故事。

「一個星期天下午，吉本斯太太在之前的公寓裡給自己煮湯。小破爛一如往常蜷縮在自己的床上。突然間，完全沒有預警的，她心臟病發作了。她被送進醫院，住了好幾個星期，可憐的女人。沒有醫生認為她會活下來，她的狀態非常糟糕。當她恢復意識並發現自己在醫院時，你知道她問的第一件事是什麼嗎？」

「小破爛？」我回答。

「答對了。」

「嗯，後來牠怎麼了？」我現在變得很想知道後續。

麵包奶奶真的很擅長講故事。

她停下來，再次傾身。「不見了！」她耳語。

「什麼意思叫不見了？牠去哪了？」

「沒有人知道，比利。救護車到達時，牠不在公寓裡。並不是說如果牠在的話會有什麼不同。不管怎麼說，這裡是不允許養寵物的。當然她不會因此覺得比較好受。我認為她沒有一天不為那個小毛球流淚，當她不在我房裡時，總是每分每秒都盯著窗外，希望能奇蹟似的見到牠的身影。但那永遠不會發生的，可憐的老太太。這就是為什麼我常邀請她來我這裡，好讓她不要一直想著牠。」

「一定有人可以找到牠的。不能張貼海—海—海報之類的嗎？」

「她給這裡的每個人都發了照片，拜託我們留意有沒有看到牠。但是根本沒用，不是嗎？這裡的居民不是半盲，就是失智了！就像我告訴過你的，比利，她沒有親人了，沒有人會在乎。真叫人難過，對吧？讓我覺得我還有你真是幸福。過來讓我抱抱。」

我們一邊吃著剩下的蘋果奶酥，我一邊告訴她我不會在才藝表演上講笑話，她看起來非常傷心。即使我告訴她我要打鼓，也試著讓自己聽起來很興奮，好像這是一個更棒的計畫，但她不買單。她太了解我了。她知道我多麼想成為一名單口喜劇演員。我知道她很想要我實現夢想。

我感覺很糟，好像我真的讓她失望了，但我現在必須先專注在樂團，熬過公開排練之後，我們才能開始考慮要在才藝表演時做什麼。我不能在艾莉和其他人面前丟臉，所以我現在不可以去想麵包奶奶悲傷的臉。

第23章

Q為什麼數學課本很悲傷？
A因為它問題太多了。

「你—你—你喜歡什麼？」我在布萊克莫爾拿出數學課本時問他。

「你這麼問是什麼意思？」他皺眉。

「你喜歡什麼東西？然後我—我—我們可以用它在問題裡舉例，使數學看—看—看起來更有趣。」

「你永遠無法讓數學變得有趣，普林頓。」

「你就告訴我—我—我—我吧！否則我就用獨角獸舉例。」

「好。《當個創世神》。」他說。

「還有別的嗎？」

「沒有。」

「好吧！這—這—這可能很棘手，因為我從來沒有玩過《當—當當個創世神》。但是沒關係，你可以教我。」

「你從來沒有玩過《當個創世神》？你比我想像的還更奇怪。」

「與眾不同有什麼不對嗎，威廉？」奧修先生說。他繼續看書，連頭都沒抬起來。

「沒有，先生。」布萊克莫爾不情願的回答。

布萊克莫爾開始告訴我關於《當個創世神》的事，我很快就聽不懂了，但他似乎對此非常興奮。就我聽來，這個遊戲就像樂高積木再加上一些角色，所以我就決定了大致的方向。積木和壞人。

「我不能用畫來救我自己的命，」我說：「但你可以，所以我需要你畫一堵《當個創世神》的積木牆，懂了嗎？」

當我告訴他有一種叫「X」的特殊「神祕積木」，它的價值比正常的積木還高時，他說我聽起來簡直像他媽媽，但至少他還在聽。當我告訴他只有一種方法可以找出神祕積木的價值時，他翻了個白眼說：「加總？」

「對。」

他對一開始簡單的題目還能接受，但在我加上「Y」之後，他又解不出來，滿臉通紅。我看得出來他聽不進去了，只想盡快擺脫它。他的壓力越大，做對的題目就越少。然後鐘聲響了，奧修先生解救了我們。

「今天做得很棒，孩子們。下週見。」

「看來你還在才藝表演的名單上，普林頓。」布萊克莫爾一邊背上書包，一邊說。

我對自己微笑，知道不管怎樣都會上臺，但他完全不知情！他離開教室，很隨便的對我揮了揮手，於是我說：「待—待—待會兒見。」我聽到他一邊走出去，一邊笑。

當我走過奧修先生時，他輕聲說：「你真是個了不起的孩子，比利．普林頓。」

排練日那天，音樂俱樂部早已為此做好準備，裡面放了好多樂器。艾莉和兩個朋友坐在一個懶骨頭沙發上。她看到我，對我揮揮手。我很想過去和她們交談，卻又感到非常害羞，耳朵發燙，所以我只是也朝她揮手致意。史凱拉看到我對艾莉揮手，做了個鬼臉。當我告訴史凱拉關於樂團和才藝表演的事時，她馬上知道事情不大對勁。

「你要打鼓？」她一邊說，一邊看著我，等著我說下去。當我沒再講下去時，她說：「好吧！我會來看排練。」但她聽起來不大相信我的樣子。

我避開她的目光。我不願意去想她看著我站在舞臺上結結巴巴講笑話的樣子，令人難堪。

音樂俱樂部裡人山人海，感覺和平時大不相同。任何你有興趣的樂器，都可以上去試一試。約書亞試彈了超大的低音提琴，而我則玩了一下電子爵士鼓。他們擺了桌子，還放了餅乾，奧修先生忙著分發果汁。我的頭有點疼。自從我告訴麵包奶奶我不會上臺講笑話後，我的頭就開始疼，但我試著不去管它。

然後他們邀請人們上臺表演。有一對雙胞胎，一個拉小提琴，另一個表演體操的後軟翻。我不確定為什麼小提琴會和體操結合在一起。我不是很喜歡小提琴，它的聲音讓我肌肉緊繃，而且對我的頭痛完全沒有幫助。還有個女孩表演鋼琴，她超厲害的，手指移動得飛快，彈的時候甚至閉上了眼睛。接下來的人表演雜耍，然後就是我們。我們是第一支樂團。我們練習了兩次，但大部分時間都在胡鬧，所以我不大確定我們的演出效果如何。我們約好，由我先打鼓，亞歷克斯觀察我的節奏，開始彈奏電子琴，然後其他人依次加入。

奧修先生和我們一起走到舞臺前，他看起來非常興奮。他把我們介紹給坐在懶骨頭沙發上和在玩桌遊的孩子們，對我來說感覺似乎有點多餘。「各位女士先生，大朋友小朋友，以及其他所有人。你們可能知道，這個音樂俱樂部是我利用午休時間主持的，而這些男孩時常來陪我一起欣賞爵士樂。」

他示意我開始演奏，所以我在疊音鈸上開始了緩慢的爵士節拍——**叮叮、叮—叮叮、叮—叮叮、叮—叮叮**——他繼續說：「現在請大家為音樂俱樂部的常客們鼓掌！」掌聲響起。「鍵盤手，亞歷克斯！」他說的有點言過其實了，畢竟我們甚至還不能好好彈首曲子，但奧修先生看起來真的很興奮。「……吉他手，馬修！」我不禁懷疑我們接下來到底要彈奏什麼。「木箱低音吉他手，約書亞！」約書亞一如往常的搖來搖去，臉上掛著大大的笑容。「最後，我們的鼓手，比利・普林頓！」奧修先生示意我加大音量，我照做了。

咚—噠—啪，咚—噠—啪，叮—叮叮，咚—啪—啪！

感覺真爽。所有的人都在聽。不知道後面會如何進展，事先完全沒有計畫。亞歷克斯加入我，在電子琴上彈了一段旋律。我和他單獨撐了一陣子，然後我聽到約書亞的木箱低音吉他發出兩聲極大的低音。沒過多久，我們全都在演奏，而奧修先生站在我們前面，吹起他的小號。他吹得超棒的。他在鼓和電子琴的伴奏下吹了一段獨奏，然後其他人也跟著重新加入。我們真的在演奏了！我們真的在表演了！我可以聽到每個人的聲音，聽到他們需要什麼。那是我們之間的對話，不需要語言當媒介，我徹底將觀眾拋在腦後。

我們必須表演至少五分鐘，到最後我們全都上氣不接下氣，大笑起來。我們互相擁抱，鞠躬。我看著艾莉和她的朋友，大家都在鼓掌。奧修先生大喊：「為常客們來點掌聲鼓勵！」我在心裡想，這可真是一個樂團的好名字啊！

在我們之後登臺的人表演魔術，可惜他學藝不精，所有的把戲全都露了餡。之後是一組跳舞團體，他們經常忘記舞步，並在臺上開始互相指責。最後上臺的是另一個樂團，他們的團名叫「青少年遊戲」。就是音樂俱樂部架設樂器那天，我和艾莉在一起時聽到的那個樂團。他們的表演比我們好上十倍。他們有一個頭髮遮住眼睛的主奏吉他手，我不禁懷疑他怎麼能看得到弦，他負責所有的演唱。他們的低音吉他手有一頭黑色短髮，鼓手的臉頰則紅通通的。他們看起來像十二年級，不過我不大確定。他們表演了一首非常吵的搖滾歌曲，相當了不起。當他們結束時，艾莉一直用力鼓掌，還將手指圈成一圈放入嘴裡吹了個響亮的口哨，我真希望她也會像那樣為我鼓掌和吹口哨。

到最後已經沒有其他人想上臺時，奧修先生做了一個簡短的演講，大力稱讚表演者，然後說：「今天顯然屬於上臺的每一個人，不管他們的技巧如何。如果你們很喜歡今天在這裡的表演，並且希望更上一層樓，那麼不要錯過每年十二月都會舉辦的班納代爾才藝表演。」我望向常客們，他們全對我點點頭，豎起大拇指。「在我們之中的音樂家，可以填寫音樂俱樂部的排練時間報名表，那麼你就可以在真正的演出之前盡可能的多多練習！」

我看著我的朋友們，心想也許這樣更好。我仍然可以表演，站上舞臺，觀眾還是會為我打氣加油。它幾乎和我最初的夢想一樣好，只是不講笑話而已，我的朋友都會在我身邊，雖然我還是不禁感到有一點點難過。

奧修先生繼續說：「在過去的幾年裡，我們看到了許多精采的音樂演出，還有各式各樣的其他表演，跳舞、魔術、單口喜劇。」他看著我，對我俏皮的眨了眨眼。「只要你說得出來，我們都在這裡見過。」當他說到「單口喜劇」時，我的胃抽痛了一下。我試著不去理它，假裝沒感覺到，刻意避開他的目光。他往下說：「去年地方新聞團隊還來學校採訪拍攝，所以你甚至可以在電視上看到自己。但最重要的是，享受創意形成的過程！」

第二天在教室點名時，奧修先生說看到我們的第一次表演，是他教學生涯中最美好的時刻之一。他看起來情緒激動，還他要我們發誓會成立一個叫「常客們」的樂團，並且說：「你們願意讓我時不時去吹小號當嘉賓嗎？最重要的是，孩子們，別忘了你們的爵士樂靈魂。」就這樣，我們有了新計畫。

我們成為常客們樂團後的第一次正式排練非常好玩。我們約在我家碰面，爸爸在車庫，或者他所謂的「工作室」，裝飾了大量的耶誕小燈泡和樂團海報，看起來相當不錯。因為笑得太厲害，我們其實並沒有練習多久。我模仿數學老師蘭德爾先生的樣子，他們笑到幾乎無法呼吸。媽媽拿零食來給我們，發現我們全躺在地板上笑岔了氣。我們一邊大吼大叫，一邊大笑，根本停不下來。

我笑到流淚，還是不忘向媽媽解釋。「我們很快就會開始的，我保證。」

「別傻了！」她說：「這也是樂團的一部分。盡情享受吧！」她臉上的表情彷彿像是要哭了一樣。

她一直很擔心我。自從電擊事件之後，她就不允許我關上我臥室的房門。她甚至每天都到麵包奶奶的橡樹園外等我，再陪我一起走回來。我不知道她以為我打算做什麼，但是有人一直看著你、擔心你，感覺太可怕了。當她看著我躺在地板上大笑時，我相信她因為我很開心，而發自內心感到高興。我看到她擦了擦眼睛，但我笑得太厲害了，所以完全沒有感到尷尬。我認為身為常客們樂團的一分子會非常有趣。

也許本來就應該是這個樣子。也許我一直都在錯誤的路上。我根本不需要去擺脫口吃，我只需要明白單口喜劇不適合我，我應該要當個鼓手。現在我不用再擔心我的口吃了，才藝表演可能會比我想像的更加精采。

第24章

Q魚和鋼琴有什麼區別？
A你無法為魚調音[1]。

奧修先生幫我們在排練報名表上填了每週一和週三的午休時間。當我意識到我可能會見到艾莉時，興奮到有點頭暈。我想像她在我們排練時坐在懶骨頭沙發上，將手指圈成一圈放入嘴裡吹口哨。

我狼吞虎嚥的吃下披薩後和史凱拉道別，前往音樂俱樂部。我們還不知道要練習什麼歌，但已經覺得熱血沸騰。我們提早五分鐘到達，青少年遊戲樂團的排練正好接近

1 原文為「You can't tuna fish.」，tuna fish 是鮪魚，發音聽起來像是 tune a fish，意即為魚調音。

尾聲。

我們站在門口觀賞。當他們唱完歌時，一頭蓬鬆亂髮的吉他手對我們說：「你們是那晚和奧修先生一起演奏的樂團嗎？」我們點點頭，然後他看著我。「你的鼓打得棒極了，小傢伙。」我笑笑，搖了搖頭。他一邊彈吉他，一邊說：「我們再唱一首歌，然後舞臺就是你們的了，小朋友。」

他們開始彈奏起當初在越野賽後，我和艾莉在一起時聽到的那首歌。當歌曲進行到最困難的部分時，鼓手停了下來。他們又試了幾次，直到他直接扔下鼓棒。他看起來非常生氣，臉頰變成更亮的粉紅色。「我就是做不到！比起打鼓，我電子琴彈得更好。」

吉他手一臉抱歉看著我們。「我們沒能為你們表演一首精采的曲子，是吧？我們馬上收拾，今天就練到這裡為止。」

「說真的，山姆，我只想回去彈電子琴。」鼓手一邊背起包包，一邊說。

那個一頭亂髮的男孩突然轉過來對我說：「我猜你不會想當我們樂團的鼓手吧，小傢伙？」我不知道他是不是在開玩笑，但他一直盯著我看，等待我回答。

我輕笑一聲，瞄了亞歷克斯一眼，他只是低頭看著地板。約書亞用手指捲著領帶，而馬修則聳了聳肩。我不知道該怎麼辦，覺得自己被困住了。

「不過，如果你加入的話，每天都要排練。」他一邊拿起吉他盒一邊補充。

就在我要說出「對不起，我不能加入」時，我的大腦突然阻止了我。但是我不能讓朋友們失望，不是嗎？尤其這一切都是我的點子。可是我就是說不出口，我無法拒絕。我被卡住了，而這一次不只是因為口吃。我無法開口，也無法好好思考。

一頭亂髮的男孩從站在門口的我們身邊走過，說：「你考慮一下。我知道這並不容易，但我們真的用得上你這樣的人。我們很快就會開始做一些有酬勞的演出，所以你知道，它會像一個真正的樂團。你們下次排練是什麼時候？」他一邊說，一邊看著行程表。

「星期三。」我低聲回應。

「太好了，那麼，你可以到時再告訴我們答案。」他對我眨眨眼，對其他人聳肩表示歉意，然後一溜煙的進了走廊。

之後的排練氣氛有點微妙。我們原本的興奮已經消失了，每個人心情似乎都不大好。當我們開始演奏時，聽起來好像我們從未接觸過樂器似的，太糟糕了。我抬起頭，希望沒人在嘲笑我們製造的可怕噪音。

經過沒有改善且無人發言的十分鐘後，亞歷克斯站起來問我：「你打算怎麼做，比利？如果你打算加入他們，我們在這裡練習就沒有任何意義了。」

「沒錯。」馬修補充道，「如果我們不知道你是否會繼續和我們在一起，留在這裡練習似乎也太蠢了。」

我看著約書亞，他低頭看著地板，彷彿想沉入地底一樣。我不能這樣對他們，我想，這個樂團是我一手催生的，所以我應該好好完成，畢竟他們是我的朋友。我所擁有過第一群真正的朋友。

「當然，我當—當—當—當然會繼續和你們在一起。」我盡可能表現出輕鬆的樣子，想讓自己聽起來像甚至沒有考慮過放棄他們。雖然事實上，在接下來的白天和晚上，我一直都在考慮去青少年遊戲樂團當他們的鼓手。

第二天早上，在點完名，所有人都離開去上課後，我問奧修先生如果他是我，他會怎麼做。

「天哪！這很棘手，不是嗎？只有你自己知道，你有多重視他們。你跟他們談過了嗎？」

「沒—沒有。我告訴他們我要留下來。」

「你為什麼要對他們這麼說？」

「我不想讓他們不高興。他們是我的同伴。」

「嗯，也許那就是你的答案。」

「我知道。但—但我無法不去想。昨晚我做了一個夢，夢到我是青少年遊戲樂團的鼓手，我們在溫布利體育館開演唱會。」

「哈！所以現在你不知道該怎麼辦？一邊是友誼，一邊是名利。」

「有一點。」

「有時候，當我無法對重要的事做出決定時，我發現以第三者的眼光去看待自己相當有用，就像我沒有參與其中，只是飄浮在整個狀況上，或者像在看別人演出的電視節目；那麼我就可以想像我做出的兩種選擇，各會面對什麼樣的發展，決定我想成為怎樣的人，以及我想讓我的故事變成什麼樣子。這麼說你聽得懂嗎？」

「應該懂吧？我猜。」

在去法語課的路上，我開始想像如果告訴他們我要離開，他們會有多傷心；我想像約書亞哭了，亞歷克斯不知道該說什麼；我想像自己在課堂上和以前一樣孤單。然後我腦子裡浮現另一幅畫面，我夢中的畫面，上萬名觀眾熱烈鼓掌，每個人都在高呼：「青少年遊戲樂團！青少年遊戲！青少年遊戲！」

我不知道我想成為怎樣的人。我不能兩者兼得嗎？不能同時當一個好朋友和另一個不同樂團的鼓手？

當天接下來的時間我都在躲避我的朋友們。我覺得他們只要一看到我，就會在一秒鐘內看穿我的想法，知道我其實非常想要拋棄他們。我和史凱拉一起吃午飯，但她馬上察覺我有點不大對勁。

「我認為我喜歡單口喜劇演員比利多過壞脾氣的鼓手比利。」她一邊吃著薯條，一邊說：「你是打算什麼話都不跟我說的吃完這頓午飯嗎？」

「真對不起，我沒辦法總是維持好心情，可以嗎？」我起身，把托盤放回去，走到樓梯下我以前躲避布萊克莫爾的藏身之處。不同的是，這一次我想躲開所有的人。我完全不知道該怎麼辦。

到了週三午休時，我的狀態更糟了。我來來回回的改變主意，至少有一千次吧！當我每次覺得很確定自己做的是正確選擇，要和我的朋友待在一起時，我就會想到青少年遊戲樂團有多麼好。我的思緒翻轉，讓我無法思考其他事，注意力難以集中。於是在地理課我盯著窗外時，格蘭特先生斥責了我。

「鮑比！求求你別再做白日夢了，好嗎？」他還是不知道我的名字。

上數學課時，我一題都沒解出來。

「這不像你啊！比利。」蘭德爾先生看著我空白的課本說。當午休的鐘聲響起，我隱約有一種「終於來了」的解脫感。一部分的我希望另一個樂團連來都沒來，或者完全忘記他們之前問過我。當我們到達音樂俱樂部看到他們正在收拾準備離開時，我感到非常痛苦。一頭亂髮的男孩抬起頭，朝我揮揮手，立刻發問：「所以你要加入我們嗎？鼓手男孩？你到底叫什麼名字？」

「比—比—比—比—比利。」

「好，比—比—比—比利。你要來為我們的樂團打鼓嗎？」他一邊說，那個原本的鼓手兼鍵盤手一邊製造緊張氣氛，開始連續擊鼓。

房間裡的每個人都注視著我。

我看了一眼正對我微笑的亞歷克斯，然後望向青少年遊戲樂團。我的目光一直在兩組人馬之間游移，我的胸口升起一陣恐慌。我可以看到奧修先生從他的辦公桌後抬頭看著。就在我盡最大的努力想說「對不起，我不能」時，我看到艾莉正站在音樂俱樂部的另一頭和一群十二年級的學生聊天。我記起她有多喜歡青少年遊戲樂團，她是怎麼為他們吹響口哨的事。

我又開始想像如果我加入他們的樂團，我的生活會有何不同。這樣想法開始在我的腦海裡發酵：每天午休你都能和艾莉在一起；所有年齡較大的孩子在走廊上都會向你揮手致意，大家會為你歡呼；每個人都知道你是誰（但不是因為你有口吃）；如果你被十二年級學長姐包圍，布萊克莫爾就不會再欺負你了，沒有人會再欺負你。搖滾可比爵士酷多了，也許這就是你的生活即將發生改變的時刻，也許這就是你應該成為的人。

然後它發生了。

「好。」我的眼睛仍盯著艾莉。我回頭看著那個一頭亂髮的男孩說：「好，我要當青少年遊戲樂團的鼓手。」我努力不去看亞歷克斯、約書亞和馬修。我也不想看奧修先生，即使我只是按照他說的去做，決定我想成為什麼樣的人。

氣氛立刻變得無比尷尬。在我生命中最大的沉默之後，亞歷克斯說：「沒關係的。比利，我不怪你。我們確實不如這些傢伙。」但他說話時卻不看著我，眼睛裡帶著悲傷。

「我本來就不想做什麼愚蠢的才藝表演。」馬修補充，漫不經心的拍了拍我的後背。當我望向約書亞時，發現他真的很生氣，而且並不像其他人一樣試圖隱藏情緒。

「你確定嗎，孩子？」一頭亂髮的男孩說：「我可不想造成你們樂團成員之間任何的不愉快，兄弟。」

我可以改變主意，繼續和我的朋友們在一起。他們一直是我的好朋友。我真正擁有過的第一群朋友。我記得我們的睡衣派對，以及在車庫裡的歡笑，和他們在一起非常有趣，感覺一切都如此輕鬆。但眼前的機會實在難得，不是嗎？如果我不能再當單口喜劇演員，我就該開始更認真的對待打鼓，青少年遊戲樂團真的很棒。他們會克服的，他們未來還是會繼續當我的朋友的。

「是的。」我說，點了點頭，但胃部立刻感到一陣噁心。

「嗯，這真是太棒了。」約書亞大喊，「我還以為我們是朋友，比利！我們做這些都是為了你。」

「你們不能繼續做嗎？」我喃喃自語，雖然我很清楚沒有鼓手的樂團算不上真正的樂團。

「多謝你做的好事，你這個白痴。」他說，然後氣沖沖的離開了。看到其他人聳了聳肩，也跟著他走了，我立刻覺得自己犯了一個極大的錯誤。

「歡迎加入我們的樂團，小子。你不會後悔的！」一頭亂髮的男孩說，但我覺得我已經在後悔了。

從那以後，約書亞就再也沒和我說過話。其他人假裝不在意，但我知道那不是真的。一切都變了。上週在點名時我問他們要不要來我家吃晚飯，他們都推說自己很忙。我不認為他們真的很忙。

他們仍然和我打招呼，我也還和他們坐在一起，但他們時時談論我不知道的事情，比如他們在午休時玩的桌遊之類的，感覺他們是故意的。有一次，當他們談論午餐排隊時發生的事時，約書亞說：「不過，比利，你大概不知道這件事，你太忙於你的新樂團了，不會有時間關心這些。」

他真的很喜歡彈木箱低音吉他，這就是他為何如此不高興。我認為他第一次發現自己的持續抖動成為正向助力，讓他在彈木箱低音吉他時大放異彩。他們大可以在沒有我的情況下進行表演。看在老天的分上，不會去找個新鼓手嗎？情況未免也太可悲了。我認為他們是在嫉妒，他們之中的任何一個人都會做出和我同樣的決定，沒有他們我也會很好的，不是嗎？

所以這就是我現在的生活。我是新樂團的鼓手，樂團叫做青少年遊戲，唸起來有點蠢，因為我根本還不是青少年！但其他人是。他們稱我們彈奏的音樂為「獨立音樂」，但我真不知道那是什麼意思，我覺得它聽起來跟我和爸爸在車庫裡彈奏的一樣。目前，青少年遊戲樂團還是以翻唱別人的歌為主，但我們也想開始自己創作。

我最喜歡的一首歌是北極潑猴的〈情緒化小鬼〉，其中一段鼓聲表現得很精采，我愛極了。其他人說我「很狂」，我不懂那是什麼意思，但我認為應該是件好事。

歌手兼吉他手山姆是團長，他就是那個一頭亂髮的人。他有個女朋友，我見過他們在操場上牽手。我猜我看到她對他耳語時，一定一直盯著他們，所以他望向我並對我揮手，然後他們倆都笑了。

低音吉他手菲比是個女孩，但她說她並不想當女孩子。她留著黑色短髮，穿著非常大的校服外套。大家都叫她「P」。

粉紅色臉頰的前鼓手現在重新回歸為鍵盤手，他的名字是奧利。他說的沒錯，他彈電子琴確實比他打鼓好太多了。奧利人超好的，他學打鼓的唯一理由只是因為他們原來的鼓手離開了樂團。那個原來的鼓手一直很愛生氣，一直大吼大叫，他們不得已只好舉行投票，將他開除。

媽媽說自從我加入青少年遊戲樂團後，就變得「喜怒無常」。她說我就是她的「情緒化小鬼」。當她這麼說時，我真的覺得很討厭。爸爸笑得好像他完全贊同她的說法。我並不「情緒化」。他們就是不明白。我不需要像以前那樣，和她談論發生在我身上的每一件小事。她認為那表示我沒有禮貌，但我覺得這並不公平。她說我不再和常客們在一起「真是太遺憾了」，還有「他們是一群多麼可愛的男孩」，那讓我非常很生氣。

與此同時，威廉．布萊克莫爾已經很久沒欺負我了。今天在我們的私人數學課上，我帶了大量的樂高積木供我們舉例，他則帶來一些《當個創世神》的塑膠小人。我們沒有完成太多數學題目，大部分時間都在胡鬧、玩積木，但奧修先生似乎並不介意。

我不大習慣布萊克莫爾變得沒那麼可怕，老是覺得也許一切都是圈套，接下來他就會伸出手來揉我的腦袋。我仍然相信他會從每扇門後面跳出來，在每條走廊裡等待，當他沒這麼做時，我反而很緊張。就像在看恐怖電影一樣，等待的時間永遠比實際發生時更糟糕。感覺就像我一直在等不好的事情發生，而我無法確定接下來會出什麼事。

第25章

我沒有朋友，但我很愛我的鞋。它們是我腳底的伙伴[1]。

我走進橡樹園，空氣中食物和腐爛的味道比平時更濃。我帶來一些我在食品科技課做的普羅旺斯燉菜。麵包奶奶喜歡試吃我每週做出的成品。她總是先吃兩口，再假裝她是電視實境節目《廚神當道》中的評審加以講評。到目前為止，她最喜歡的是英式魚派。我一手端著鋁箔容器，一手拿著三支塑膠湯匙（以防吉本斯太太也想吃一些），耳朵聽著一首我們為了才藝表演正在學的新歌。

1 腳底的伙伴原文為 sole companions，和靈魂伴侶 soul companions 同音。

當我抬頭看到媽媽站在麵包奶奶的房門口和護士說話時，我立刻知道出事了。媽媽從來不在下午來探望，這段時間是屬於我的。她看著我，眼睛哭紅，嘴巴緊抿，周圍的一切全成了慢動作。她張開雙臂。「這一次很嚴重。」當我拿下耳機時，她低聲說。

我愣住了。她擁抱我。當她用力抱住我時，我可以感覺她在劇烈顫抖。我知道，這次她絕對不是因為欣慰或幸福而哭泣。這次的哭聲完全不同，是一種我從未見過的我永遠不會忘記的哭聲。

麵包奶奶今天死了。

第 26 章

Q為什麼香蕉去看醫生？
A因為它嚴重脫皮。

我還記得她第一次搬進橡樹園時看我的眼神。她很害怕。橡樹園療養院感覺就像一個讓人等待死亡的地方，而那就是她剛做完的事。我當初應該做點什麼的，當她那樣看著我，用目光向我求助時，我應該更努力的試著做點什麼。哀求她和我們一起回家，不接受拒絕，那麼也許她就不會再那麼害怕，也許她現在就還在這裡，握緊我的手，聽我朗讀。顯然我不能對媽媽說這些，不能對任何人說這些。

我一直在想麵包奶奶的模樣。在媽媽抱怨爵士鼓太吵時，她躲在媽媽的背後扮鬼臉的樣子；模仿小飛象章魚的樣子；聽了我的笑話後笑得前俯後仰的樣子。想像這些畫面讓我臉上泛起微笑。而當我發現自己在微笑時，我感覺糟糕透了，彷彿現在微笑和大笑都是錯的。這是否意味著從此以後，光是微笑就會讓我覺得不應該呢？

事情發生後的第二天，媽媽敲了我的房門後，直接在我的床尾坐下。我正在閱讀一本名為《神奇動物》的知識圖書。在這種情況下，閱讀似乎是可以的，合適的。有些事情我可以做，有些事情我不能做。我喜歡將它們分開，讓自己搞清楚可以做什麼。我正在列清單，待會要釘在軟木板上。**微笑＝壞事**。**大笑＝壞事**。**閱讀＝好事**。

從那之後，我花了很多時間在閱讀。這意味著我不必見任何人，或再進行更多的「談話」。那是所有人想要我做的事，談談我心裡的感受。嗯，問題是我真的不知道我有什麼「感受」，我只知道我心裡的感覺不大好，所以我一點都不想討論它。

我永遠都不想告訴任何人的是，我很怕我之後再也找不到一個像麵包奶奶那樣，能讓我在她面前不口吃的人了。我之所以不能說，是因為這話聽起來不但愚蠢，而且自私。好像在說我喜歡麵包奶奶的唯一理由，是因為和她在一起時，我的結巴沒那麼嚴重。甚至光是想想，都讓我覺得自己是個壞人。它當然不是真的。一點也不，我愛她是有很多其他理由的。

1. 她見到我總是很開心。
2. 她對我有耐心。
3. 她一直很幽默。
4. 她聽她那些錄音帶時的拍手方式。
5. 她比我更愛《藍色星球》。
6. 她會說不恰當的話。
7. 她對我的笑話非常捧場。
8. 她非常愛我。

那麼為什麼我還一直想著我愚蠢的口吃呢？我的大腦卡死在口吃頻道上。

想著我的口吃＝壞事。

媽媽在我的床上坐了一會兒，而我假裝在看書，什麼也沒說。她拿著一個鞋盒，一個耐吉的鞋盒，所以我以為她可能買了運動鞋給我幫我打氣。它幾乎奏效了，我開始想像鞋子的顏色，也許會和馬修的一樣，他有一雙最酷的球鞋；鞋底是淺藍色的，逐漸變深，最上面的鞋面是深藍色，配上金色的勾勾。想到馬修的球鞋，我的心情更糟了。我真希望能見到他們——常客們。我真的很想念他們，尤其是現在。

然後她輕輕在鞋盒上敲了兩下，說：「我給你帶來一些麵包奶奶留下的東西。她的收藏品。我想你應該會想要它們。」我真的覺得糟透了，為什麼我會以為裡面是愚蠢的球鞋？

想像新球鞋＝壞事。

她給我一個擁抱。她抱我抱得太緊，緊到我都覺得快要窒息。不過，我沒有阻止她，我認為這個擁抱是為了她，而不是為了我。昨天她在洗碗時，我看到她哭了。她不知道我在那裡，我躡手躡腳的溜下樓，從門縫偷看。當時她瞪著窗外，淚水從臉上滑落，雙手仍然浸在水裡。感覺很奇怪，好像她並不是真的在哭，好像她甚至沒有注意到，只是眼淚不斷流出來而已。所以我讓她想抱多久就抱多久，因為我知道她的心情糟糕到了極點。

讓媽媽擁抱我＝好事。

我沒有打開鞋盒。光是想到要把它打開，就讓我的胸口痛得無法呼吸。我把它放在角落，又覺得它在看我。我試著把注意力放回書上，但不管是文字或圖片我都讀不進去，只要盒子還在就不行。我試著換一本書，但眼睛仍會飄回鞋盒的勾勾標誌上，想著裡面放的是什麼。我從地板上拾起一條毛巾扔到盒子上，卻只是讓情況更糟，因為它看起來體積更大了。我搖了搖頭，吸入一大口氣，無法繼續忽視它，我必須打開來看。

裡面有很多圖卡。我為麵包奶奶畫的圖、我寫的卡片、我非常小的時候送她的東西。她都保留下來了。

親愛的奶奶：

我真的很愛你。你是全世界最好的奶奶。謝謝你的樂高，我很喜歡。

來自比利的愛（六歲）

這是在我們叫她「麵包奶奶」之前寫的。我不知道為什麼我會把年齡寫在上面，她明明知道我多大。想像一下，如果每個人都把年齡放在信件和電子郵件上。

親愛的羅布森先生：

我對你的來信相當有興趣，會在適當的時候給你答覆。

親切的問候，

馬爾科姆．米金斯（四十九歲）

又來了。我又微笑了。感覺很不好。**想像可以當笑話的信＝壞事。**

盒子裡有很多東西值得一看。鯊魚的圖畫、我兩歲時的手印、感謝卡、章魚的圖畫，以及一張我們倆在她之前公寓外的微笑合照，她的手臂還摟著我的肩膀。底部有一個繫著白絲帶的小瓶子，裡面裝了貝殼。那是我們去西班牙度假時，我用自己的零用錢買給她的。我認為她會喜歡在小公寓裡裝飾一些來自大海的東西。我還記得當我把它拿給她時，眼淚從她的臉頰滾落，她說她會「永遠珍惜」。

我不想要。我一點都不想要，這些不是我的。它們出現在我的臥室裡就是一大錯誤。這些不是我的！全都是她的。應該在她身邊，和她在一起的。

我迅速的將所有的東西放回盒裡，然後拉出膠帶一圈又一圈的綑住鞋盒，直到膠帶用完為止。我不知道該怎麼處理它，但我知道我需要它離開我的視線。我開始感到惶恐，胸口緊繃，於是我打開衣櫃，用力將它往後推，再用所有的冬衣蓋住它，以彷彿裡面有鬼的姿態，砰的關上衣櫃的門。我坐在床上，以鼻子吸氣，再由嘴巴呼出，就像蘇告訴我感到壓力時該做的那樣。我感覺心臟在胸膛裡劇烈跳動，沒有了麵包奶奶，一切都變得不一樣了。為什麼她一定要死呢？

突然間，我注意到地毯上躺了一張照片，一定是從盒裡掉出來的。一張褪色的照片，毛茸茸的小黑狗伸出舌頭，仰望著鏡頭。我把照片翻到背部，看到了一行潦草的小字：我親愛的小破爛。想來是吉本斯太太送給麵包奶奶的。我不知道媽媽為什麼要把它放進盒子裡。

我小心的將照片釘在軟木板上，然後盯著它看了好久，想起麵包奶奶說過的話：「她沒有親人。沒有人會在乎。」然後我想著麵包奶奶的臉，為自己居然想到愚蠢的小破爛而心情不佳。

想著可愛的狗＝壞事。

我已經三天沒打開過衣櫥的門了，我不想看到那個盒子，連看一眼都不想。當媽媽問我為什麼又穿著同樣的衣服，並告訴我：「去換衣服。你已經長大了，不能連續幾天都穿同樣的衣服。很臭的！」我不能告訴她真相，所以我只好上樓，將衣櫥門打開一個小縫，然後把手伸進去抓住我第一樣摸到的東西。當我穿著去年的耶誕套頭衫下樓時，媽媽有點表情扭曲，但她什麼也沒說。

明天我必須回去上學。媽媽幫我請了上週四、週五兩天假，但她說：「你必須恢復正常作息，這樣可能對你比較好。」當一切都如此不同時，我不知道該怎麼辦。我覺得什麼都變得不一樣了。我只想躲開每一個人，以及所有的一切。

第27章

一個孩子朝我扔了一塊乳酪。這不是很成熟。

當一件壞事發生時，感覺就像其他壞事看到了機會，於是跟著一起發生。甚至連天氣都似乎發現了我的心情，並想讓它變得更糟。天是黑的，雨已經連續下了五天，我覺得我的靈魂遊走在軀體外。我獨自在學校走來走去，感覺遲鈍麻木，猶如殭屍。

今天在英文課我必須大聲朗讀。每次開始教授一本新書時，英文老師丁普森太太總會叫我們大聲朗讀。我們正在研讀《遠大前程》，這本書超過四百頁，真的很厚。故事是關於一個想去倫敦改變生活的男孩，我也希望我能去倫敦改變我的生活。

她在之前從來沒叫過我起來朗讀，我覺得她真的很善良。但她今天一定和我一樣心情不好。也許心情不好會傳染，而我傳染給她，所以她才心情不好。

剛開始我還唸得不錯，然後就被「皮普」這詞卡住了。

「皮—皮—皮—皮—皮—皮—皮—皮—皮——」

接著我完全卡住，一點聲音都發不出來。感覺就像我陷入一個獵熊的陷阱，我對抗得越用力，網子就收得越緊。我雙眼緊閉，下巴突出，感覺完全失控。最後，我只能跳過，繼續往下。

然而皮普是主角的名字，所以我知道我有麻煩了。每次我看到這兩個字出現時，我就更緊張，狀態也就越來越糟。

「於是我稱自己為皮—皮—皮—皮—皮—皮—皮—皮—皮—皮—皮皮皮皮皮皮皮普，然後大—大—大家也叫我皮—皮—皮—皮—皮—皮—皮皮皮皮皮皮皮普。」

所有人開始咯咯笑，我看得出來他們都在找之後的課文哪裡還有「皮普」。

丁普森太太假裝她沒聽到笑聲，讓我繼續唸了好久。亞歷克斯、約書亞和馬修只是低著頭，避免抬頭看我。史凱拉帶著悲傷的微笑，靜靜的看著我，耐心等待。真慘。

我只想回家。回家，然後再也不要看到他們之中的任何一個人。

下課後在走廊裡，所有的女孩擠在一起竊竊私語。我猜她們在談論我，然後凱・丹尼爾斯假裝撞到我，「對不起，皮—皮—皮普。」全部的人哈哈大笑。

少數幾個人開始一直叫我皮普，甚至包括女孩子。蘇菲在藝術課向我借橡皮擦，當我拿給她時，她說：「謝謝，皮普。」然後自顧自的笑了起來，好像這是史上最有趣的事情。

我之前沒想過已經夠糟的情況居然可能變得更加悲慘。我想起蘇，不知道她是否就在海灘上。

星期三，布萊克莫爾在代數上表現得比之前更糟。我問他一道他上週做對的題目，可是這週他卻做不出來。真的很討厭。因為前面的觀念他都忘了，所以我無法再教他任何新東西。我很高興我的大腦和他不一樣，有那樣的大腦，應該感到很挫折吧？

當我對他這樣說時，他猛然放下課本說：「好吧！我也很高興我沒有你的愚蠢大腦，皮—皮—皮普。」接著便衝出教室。我不禁有點內疚。

奧修先生從在批改的作業本上抬起頭來。「發生了什麼事，比利？你們兩個之前不是處得好好的嗎？」

布萊克莫爾最近一直沒再欺負我。如今回想，就算我在《遠大前程》卡住那麼久，他也沒和其他人一起嘲笑我。事實上，他看起來還有點生氣的樣子。

「我不知道我為什麼會那麼說，先生。」我說。

「你對他說了什麼？比利？」

「我我—我不想要他的大腦。」

「原來如此。」

「我不不—不知道我怎麼了，先—先先生。我惹惱了所有的人。」

「根本不像你會做的事，比利，不是嗎？」

我搖搖頭，把臉埋在雙手裡。

奧修先生繼續說：「有時候，當事情變得難以負荷時，我們會把情緒發洩在最近的人身上，即使我們不是故意的。大家都會這麼做，比利。重要的是，從現在開始，你要怎麼做？」

「我不知道該怎麼辦。我永遠不知道該怎麼辦。」我把臉埋在雙手中啜泣。

「你最近發生了很多事情，比利。不要對自己太過苛求。」

「我什麼事都做不好。」

「你會將自己導回正軌的，對此我毫不懷疑。有時候，只是需要一點點時間。」他說。當我坐在那裡想不知道所謂的「正軌」是什麼，以及我是否永遠都不會再快樂起來時，上課鐘響了，人潮開始湧入教室，所以我只好站起來擦乾眼淚，開始上法文課。

我差一點就走過去向布萊克莫爾道歉，但是他不抬頭，所以我只能直接走過他的桌子。也許我不需要說抱歉。我的意思是，畢竟他過去對我做的壞事也不少，而且我並不算是壞人，不是嗎？

樂團在午休時間發生爭吵。山姆跺著腳走進音樂俱樂部，他的心情很壞，而且演奏得非常糟。然後他在忘記歌詞時大喊：「我不想再待在這個愚蠢的樂團了，根本沒用嘛！」

奧利非得火上加油。「算了吧！伙伴。我知道你和蒂婭分手了，但不要把怒氣發洩在我們身上！」他咧嘴一笑。

山姆轉向他。「和那一點關係也沒有！你不知道你在說什麼。這是個愚蠢的樂團。我們的程度離能上臺表演還遠著呢！看看我們。我們的低音吉他手是個遜咖，而我們的小屁孩鼓手連話都講不好，我們應該改名為『怪咖樂團』才是。」

在這之前，樂團裡從來沒人提過我的口吃，所以我有點自欺欺人的以為他們並未注意到。這就是為什麼我想當鼓手，因為這樣就沒人會注意到我了。

我臉紅了，想藉著低頭看鼓棒來掩飾我的失態。我可以感覺到肚子裡有什麼開始在翻騰。P也低頭看著地板。奧利真的很生氣。

「這樣不對，山姆。你破壞了所有人的心情。看看他們！」他指著我和P說，「你先離開，好好冷靜一下。」山姆拿起吉他，衝出房間。

當門關上時，我看到一張臉正從門上的小圓窗看進來。我花了一點時間才意識到那是誰。艾莉！她怎麼現在才來？為什麼她不在我們其他的排練時間來，偏要今天來？

這太不公平了。我想倒帶改變一切，事情不應該是這樣的，這不是計畫的一部分。但是當我又望向小窗戶時，她已經走了。

奧利告訴我們不要擔心。他說山姆幾天後就會想通的，但為時已晚。我腹部的不適感移至我的胸膛，我的胸口覺得很緊，緊到我無法呼吸，彷彿整個人被壓扁了一樣。突然間，完全沒有預警的，我吐了。吐得到處都是。我的鼓、鼓棒和制服，以及其他的一切。

奧利一邊大喊「天哪，比利」，一邊和P迅速退後。她一臉覺得很噁心的樣子。幾個坐在懶骨頭沙發裡的孩子大喊：「太噁了，皮普吐了。」然後故意發出乾嘔的聲音。

我扔下我的鼓棒，轉身逃走。我穿過走廊，經過艾莉和她的朋友們，推門跑了出去。我一直跑、一直跑，直到呼吸困難，腳步踉蹌的半跌在網球場旁的草坪上。

「我恨這一切！」我在風雨中尖叫，「我不想再當我自己了。」我在草地上啜泣，「我不想再當比利．普林頓了。」我一遍又一遍的說著，「我不想再當比利．普林頓。」

直到我感覺到一隻手放在我的背上。

是艾莉。

她只是在我身邊溼漉漉的草地上坐下，什麼都沒說。最後我擦了擦臉，坐了起來，然後我們倆盯著空蕩蕩的網球場，看了好久好久。

「有時候會覺得全世界都是垃圾，不是嗎？」她說。

我點點頭，用還有嘔吐味道的袖子擦了擦鼻子。我不是很在乎她會怎麼看我，我真的什麼都不在乎了。

「我爸總是說：『只要你持續將一隻腳放在另一隻腳前面，然後抬起下巴，最終，景色將會改變。』」然後她張開手臂攬住我的肩膀，將頭靠在我的頭上，我微微感覺到景色真的開始在改變。

第28章

有時我把膝蓋塞入胸膛，身體前傾。這就是我的行事作風／滾動的方式[1]。

我持續將一隻腳放在另一隻腳前面，而我被帶到這裡。這就是現在的景色。

奧利是對的。兩天後山姆回來排練，樂團又開始練習了。只是感覺不大對，氣氛很怪。我看得出來P也有同感，她表現得比平時更尷尬。我很想念和亞歷克斯、約書亞和馬修一起玩桌遊的日子，現在他們只會在我排練時偶爾抬頭看我，但每次我望向他們時，他們就會將目光移開。就連史凱拉也很少和我聊天。當她得知我拋棄常客們時，她

---

1 原文為「That's just how I roll.」，roll 有啟動事物的意思，同時也有滾動之意，而「That's how I roll.」又有這就是我的風格的意思。

說：「哇！那不像你會做的事。」

「嗯，也許我想要變得與—與—與眾不同。」我說。

「你本來就與眾不同，比利。你已經好幾個星期都沒講笑話給我聽了。你還好嗎？」

「好，當然好。我現在是青—青—青—青少年遊戲樂團的一員呢！」

「好。」她說完就轉進走廊。

即使我參加了樂團，現在的我卻時時刻刻覺得很孤單。我真的真的非常想念麵包奶奶。我的肚子一直覺得不舒服，總是擔心自己可能會再次嘔吐。我盡最大的努力去忽略它，而且試著持續將一隻腳放在另一隻腳前面，然後抬起下巴。

放學後，我不知道為什麼突然決定走去橡樹園再回家，也許我認為這可能會讓我再次拉近和麵包奶奶的距離，讓我不那麼孤單。當我看著橡樹園的紅磚和整齊的草地時，我看到一張臉從一樓的窗戶向外窺探，朝我揮手。有那麼一瞬間，我以為是麵包奶奶，但我又看了一眼，卻發現是吉本斯太太。她似乎很高興見到我。我知道她就像麵包奶奶說的那樣，整天都坐在那裡，希望能看到小破爛的身影。當我向她揮手時，我想起釘在我房裡軟木板上的小破爛的臉，等我走到她面前時，她已經成功的打開窗戶，並且向我伸出她瘦弱的手臂。

「比利！可憐的孩子。」她抓住我的手說：「我們都非常想念她。」她的眼中噙滿淚水，「可憐，可憐的孩子。我知道想念一個人是什麼感覺，比利。真是不公平，不是嗎？」

「不—不—不，真是不公平。」我回應，試著不去管喉嚨裡讓我無法吞嚥的緊繃感。

「在小破爛之後，她是我最親近的人，就像我的家人一樣。她真是一個可愛的女人，很善良。有時間的話，歡迎你隨時來看我，比利。我會很高興的。」

在這一刻，我很清楚的知道我想要做什麼。

我向吉本斯太太保證，我會再來看她，然後我轉身跑開。我以最快的速度跑回家，直接上樓進了我的房間。

「你跑來跑去的在做什麼，比利？我已經好幾個星期都沒看到你跑得這麼快了。」

媽媽在我手裡拿著照片衝下樓時對我說。

「我必須找到這隻狗。」我屏住呼吸說。

「你在說什麼?誰家的狗?」

「誰家的狗不重要。要怎麼做才能找到走失的狗?」

「你不可以偷偷帶狗回家,比利。這個我們之前已經講過了,絕對不可以……」但她接下來說的我沒聽到,因為我早就抓起背包,衝出大門。

前往圖書館的路上,我在想是否應該請史凱拉幫助我,但我覺得她已經不算是我的朋友了,所以我決定這件事我必須自己來。我到達那裡,請求使用影印機,一位光頭男子走過來幫助我。我的錢包裡只有一英鎊,沒辦法複印很多張,但至少這是個開始。

「好吧!我們今天要印什麼?」他問。當我將照片遞給他時,他說:「真是個小可愛!唯一的問題是,照片的顏色太暗,而且褪了色,經過影印之後的效果不會太好。不如我們先試試看?」

我點點頭,看著白光在照片上閃爍移動,機器吐出來的紙根本是廢物,只是一團黑漆漆的模糊影像，根本看不到小破爛。我的肩膀喪氣的下垂，嘆了一口長長的氣。

「別擔心，伙計，我們會想出辦法的。你印這個要做什麼？」

「我奶—奶—奶—奶的朋—朋—朋朋朋友弄丟了她的狗。」

「喔，所以你想去找牠？」

「對。我本來想—想—想做一張海報。」

「你試過皇家防止虐待動物協會或動物中途之家嗎？」

「沒有。」我說，精神一振。

「好，先上網搜尋一下，再打個電話給他們。我知道離這裡不遠的地方有間中途之家叫米爾布魯克，不過我不知道其他地方還有沒有。我相信你會找到牠的。祝你好運！」

我列出比較有可能的七個不同機構，打算從防止虐待動物協會開始。當我從背包拿出手機時，我差點就停下來，改發電子郵件給他們。打電話仍然是我的頭號惡夢！不過，我不能把時間浪費在等電子郵件上，那可能好幾個星期才會得到答覆。我需要有人現在就給我回應。

「你—你—你—你好，我在找—找—找一隻走—走—走—走—走—丟的狗。」我開口。

在感覺像是史上最長的通話之後，我掛斷電話。那裡沒有小破爛。當我打到單子上的第六個地方時，我心中的希望越來越渺茫，但奇怪的是，打起電話卻反而越來越容易了。

「你好，米爾布魯克貓狗之家。」一個愉快得有點過分的聲音說。

「你—你好，我在尋找—找一隻走—走失的狗。」我說。

「你的狗什麼時候走丟的？」現在那個聲音聽起來滿是擔憂。

十分鐘後，我抓著照片朝米爾布魯克貓狗之家的方向跑去。那位女士說兩、三個月前確實收容過一隻狗，聽起來極有可能是小破爛。

「拿照片來和檔案比對，我們就會知道了。」

「好的。」我說：「我馬上過去。」

「我們半小時後關門，所以你要盡快！」

結果我完全迷了路，繞著一棟大房子跑了兩圈，才看到有塊招牌上面印了一隻狗和一隻貓的照片。當我推開門時，他們正要打烊，我跑得汗流浹背，精疲力盡。

「你做到了！」電話裡那個愉快的聲音說。我抬起頭，看到一位戴著厚厚的眼鏡、頭髮裹在彩色頭巾裡的女士，坐在櫃檯後對我微笑。她一看到我手上的照片，立即笑道：「就是牠，我還記得之前這男孩有多可愛。」

「之前？」我問。

「是的。」她說，厚鏡片後的眼裡充滿憂慮。喔，不，我在心裡想，請不要讓牠死掉，我該怎麼告訴吉本斯太太？然後她繼續說：「我們將狗收容在這裡四個星期，以防主人尋找牠們。在那之後，我們為牠們找領養人。當時我們很快就為牠找到新家，永遠的家。牠真是個甜心。當牠離開時，我們都很難過。」

「可—可是—吉—吉—吉—吉本斯太太怎麼辦？」我說：「她非常想—想—想念牠。」

「吉本斯太太是你奶奶的朋友，是嗎？」我點點頭，不知道該怎麼辦。我還能期望什麼？無論如何，她無法再養牠，橡樹園明文禁止，新主人也不會放棄。突然間，我覺得自己真的很幼稚、很愚蠢，沒有通盤考慮就衝動行事，我沮喪的將頭埋在雙手裡。

「不如我先替我們弄些果汁和餅乾，然後你可以告訴我全部的故事，我們再一起想辦法。怎麼樣，聽起來如何？」我點頭，試著微笑。

「我叫佩西・阿諾。」她伸出手。

「我叫比利・普林頓。」我說，握住她的手。

第29章

牧羊犬：總共四十隻羊，先生。
農民：但我只有三十六隻羊。
牧羊犬：我把牠們圍起來了／我四捨五入了[1]。

昨天我們看到了班納代爾才藝表演的節目單，張貼在餐廳外的公布欄上。我們被安排在最後，前面是茱莉．赫衛爾。她和我在食品科技課同班，身高很矮，頭髮卻非常長，長到她可以直接坐在自己的頭髮上。她要和她的狗共舞。表演單上沒有其他樂團，只有人用伴唱帶唱歌，就我看來，那根本不算什麼。有很多組跳舞的、一個魔術師，以及一個柔術表演。沒有單口喜劇演員，我仔細看過了。作為唯一的樂團，我們絕對會讓

1 原文為「I round them up.」，round up 有四捨五入之意，同時也可以代表把東西圍住。

人留下深刻的印象。

在去最後一次排練的路上，我看到了艾莉。她沿著走廊向我走來，我很想轉身就跑，但她已經看到我，並且對我揮手。自從嘔吐和網球場的安慰後，我就沒再見過她了。

「嗨，比利！我剛才還在想，希望能碰到你呢！」

「真—真—真的嗎？」

「真的。我看到了才藝表演的節目單了，看來你們還是會上臺的，是嗎？我只是想見到你，親口向你說：祝你好運！」

「喔，哇。好。」

「祝你好運！」她揮揮手就離開了，一頭紅頭髮在走廊上甩來甩去。

全校都會來看表演，每個人都非常興奮，不停的吱吱喳喳討論著。

我真不敢相信明天就要上臺了。不但會有抽獎的攤位，還會賣用檸檬、糖和丁香做的耶誕可麗餅。藝術部門正在趕製一個星光熠熠的大背景板。地方新聞果然又來採訪了，最棒的是攝影師就是爸爸！

樂團裡的每個人都要穿耶誕毛衣，放學後媽媽會帶我去買。我們每年都會去買毛衣，我猜這如今有點變成家裡的傳統。她建議我買織了愚蠢耶誕樹花樣，還縫了許多小毛球的毛衣，但我堅決的拒絕了。小毛球和搖滾精神完全不搭。我選了一件銀色暴龍戴著紅色耶誕帽的黑毛衣，我認為它的設計在耶誕毛衣中相當出色。克洛伊選了一件馴鹿花樣的粉紅色毛衣。就我看來，粉紅色並不是耶誕節的顏色，但克洛伊才不管。她一直叫我閉嘴，直到媽媽用憤怒的氣音警告我們：「黑色也不是，比利！不要再去煩你妹妹了。」

買完後我們去喝熱巧克力，媽媽問我們想不想去人工石窟看耶誕老人。我拒絕了，但是克洛伊很想去，所以我不得不排了半個小時的隊，才能在一個貼滿棉花的小房間，看到好幾個面露悲傷的小矮人和一位很假的耶誕老人。他問我們耶誕節想要什麼禮物，克洛伊當然說要一匹小馬。從她三歲開始，她每年都會要一匹小馬，她似乎永遠弄不清楚這件事是不可能的。

當他問我：「你呢，年輕人？你的耶誕禮物清單上有什麼？」我想告訴他我是因為妹妹才來的，我年紀太大，不信這個了。但我覺得這樣對他不好意思，所以便隨口告訴他，我想要一部唱機和幾張黑膠唱片。他說：「哇，以前從來沒人向我要過這個！你是個很酷的孩子。我會努力把你想要的禮物送你！」他有蘇格蘭口音，聽起來完全不像耶誕老人，而且我可以在他寬鬆的紅袖子下看到他手臂上的紋身，但我並不介意。

在回家的路上，媽媽輕聲對我說：「謝謝你願意去看耶誕老人。我知道你現在年紀已經太大，其實並不想去。」

「沒關係的，媽媽。我覺得還滿好玩的。」事實上，我真的這麼覺得，我並沒有說謊。和媽媽、克洛伊一起出去真是太好了。做我們每年都會做的事，感覺很安全，就像什麼都沒有改變，即使我覺得一切都變了。在回程的巴士上，我的手機響了，我看到米爾布魯克的號碼出現在螢幕上。

「嗨！佩—佩西。」我說，試圖不讓媽媽和克洛伊偷聽，但我已經看到她們朝我扮鬼臉。當佩西告訴我一切都已準備就緒，計畫如期展開時，我以氣音說：「太棒了。我會在那裡和你碰面。」

兩個小時後，我站在橡樹園的街角，抖動全身來維持體溫。我故意提早過來確認吉本斯太太一如往常的坐在窗戶後頭。果然，當我從灌木籬笆往裡面看時，一眼辨認出她悲傷的臉。我現在很興奮，做一些能讓她開心的事感覺太棒了。當佩西和小破爛朝我走來時，我聽到牠呼呼吸氣的聲音。小破爛拉扯牠的牽繩，嗅我的腿，並用牠毛茸茸的小身體摩擦我。

「你好，小破爛！」我說，牠用滑稽的扁臉看著我，我立刻明白為什麼吉本斯太太那麼愛牠。「你好，小男孩。你將會讓某人非常開心。是的，就是！」

「我告訴過你牠是個小甜心！」當小破爛開始舔我的臉時，佩西笑著說：「牠的主人說了，每週四這個時段，如果你可以的話？」

「可以，非常好。」我說。

「真是太好了。他們本來就需要有人帶牠出來散步，當我告訴他們這個故事時，他們心都碎了，讓我們期待這樣的安排會讓每個人都開心吧！包括你，小破爛先生。」她一邊說，一邊撫摸牠脖子上的毛皮。「那麼，她在嗎？」

「在，一切就緒。我們走吧！」佩西將牽繩交給我。

當吉本斯太太看到我們時，我突然有點惶恐，害怕我們可能會讓她再次心臟病發作。她張開雙手壓在玻璃上，我可以看到她的嘴巴一遍又一遍的唸著「小破爛」，眼淚不停的從她皺巴巴的臉頰流下。她從窗戶後消失，我們走向橡樹園的大門，知道她已經在往這裡跑了。

小破爛看見她時，澈底的瘋了。牠拉直了牽繩，力道之大讓牠直接從我的手中掙脫。牠輕巧的穿過一道道門，進入接待區。最終，吉本斯太太躺在地板上，小破爛趴在她身上，舔著她化了濃妝的臉，她像個小女孩一樣咯咯的笑著。

「我永遠都沒辦法從這裡爬起來了，是吧，比利？從沙發站起來就已經夠難了！」

我們告訴她未來的計畫，在她知道之後每週都能見到小破爛時，她拉著我的手說：「比利，你奶奶總是告訴我，你是一個多麼了不起的男孩。我真希望她也能在這裡看到這一幕，我真心希望。」

「我也是。」我說。

當我看到坐在地板上撫摸小破爛邋遢皮毛的吉本斯太太時，我不禁懷疑當初自己怎麼會那麼怕她。

「我告訴你，能夠每週看到你和這個小傢伙一次，將會完全改變我的生活。真的非常謝謝你們。」然後她抓住我的手，一次又一次的親吻小破爛，並且不斷的說：「謝謝你們，謝謝你們，謝謝你們。」一遍又一遍。我們坐在那裡，我握著吉本斯太太皺巴巴的手，抬頭看著佩西低頭對我們微笑，感覺真的很好。我已經很久很久沒有感覺這麼好了。

第30章

我寫了一首關於玉米餅的歌。其實它更像是饒舌歌／捲餅[1]。

我們決定表演兩首歌曲。〈情緒化小鬼〉和一首我們剛學的「超脫樂團」的歌〈彷彿青春氣息〉。山姆之所以選擇它，是因為他認為歌名和我們的樂團名稱「青少年遊戲」相得益彰。不管什麼樣的耶誕毛衣Ｐ都不想穿，所以她還是穿著平常的寬鬆黑衣，只準備上臺前在她的低音吉他上裝飾一些金蔥彩帶。現在我站在這裡，真是等不及了，希望能趕快表演完，才能鬆一口氣，然後學校就會放學了。

當我們在後臺走廊等待時，我透過絲絨布幕偷偷窺視觀眾席。艾莉和她爸爸坐在第二排，媽媽和克洛伊在那後兩排。人超多的！看起來簡直像有上千人。音響的音量很大。奧修先生和愛碧兒太太一起站在旁邊的通道上。我開始想那些我沒看到的人。我仔細看著每一排，太多我不認識的面孔，太多不認識我的人。我找不到亞歷克斯或約書亞，但一眼看到馬修比其他人都高的頭。史凱拉站在後面，頭髮像有好好的梳理過。然後我繼續掃視，有那麼一瞬間，我以為我看到了麵包奶奶。

茱莉即將開始表演。在我看來，她的狗似乎沒有訓練得很好。她一直對牠大吼大叫，最後牠跑到舞臺前，對著麥克風灑了一大泡尿。每個人都在狂笑，笑聲很大，但聽起來不是很友善。茱莉斥責小狗，急忙把牠抱起來。她鞠了一個躬，但沒人鼓掌，然後她走下臺，顯得非常慌張。

兩個一直在整理道具的十三年級學生推開我，拿著廚房紙巾跑上舞臺清理，觀眾大聲歡呼。他們聽起來有點失控，畢竟已經坐了兩個小時，我相信他們開始覺得無聊了。

---

1 饒舌歌 rap 和捲餅 wrap，兩者同音。

就在此時，事情發生了。山姆站在通往停車場的逃生門外。我只是假設他很緊張，或者在做熱身運動之類的。我、奧利和P都在走來走去，不知道該對彼此說些什麼。我望向通往舞臺的門，看到道具人員搬著我的鼓，穿過布幕上了舞臺。

「就要上臺了。」我用氣音對奧利說。然後我們聽到逃生門砰的關上的聲音，一轉頭便看到山姆站在我們身後。他拿著手機，看起來非常生氣。

「你怎麼可以對我做這種事？」他咬牙切齒的朝奧利大吼。奧利似乎立刻就知道他在說什麼，只是聳了聳肩，低下頭。他看起來很內疚，但我完全不知道為什麼。我滿心疑惑，山姆看起來和以往不同，像動物一樣。

山姆用力推他的胸膛，奧利差點摔倒。我真的很害怕。我全身發抖，不知道山姆為什麼這麼生氣，但此時最重要的是保護奧利，於是我站到他們兩個之間。

「冷─冷─冷─冷靜一點，山─山姆！」我結結巴巴的說，但山姆不聽，他把我推到一旁，走向失去平衡還未站穩的奧利。

然後山姆一拳打到他臉上。非常用力。

我從未見過任何人臉上挨揍，甚至可以聽到山姆的拳頭發出沉悶的撞擊聲。我永遠不會忘記，感覺真的好嚇人。奧利雙手抱頭，我對著山姆尖叫：「別碰他！別來煩我們了！不行嗎？」

山姆向牆壁踢了一腳，踢得實在用力，我猜他的腳應該會骨折吧？他一瘸一瘸的走出逃生門，順手撕下一張海報。

奧利尷尬的看著我和P，聳了聳肩。「真對不起，伙計們。」他道歉，「謝謝你為我挺身而出，小傢伙！」然後他揉了揉我的腦袋，用手接住流下的鼻血，沿著走廊離開。

我不知道現在到底是什麼狀況。我看著P，她只是盯著地板咕噥的說：「我認為這代表奧利和蒂婭在一起了，換句話說，樂團解散了。抱歉啊！比利。」說完，她跟在奧利後頭也走了。

我的心在狂跳，緊張到汗都飆出來了，腦袋頓時清醒。我再次望向通往舞臺的門，看到那個十三年級學長正將麥克風放在舞臺中央。在青少年遊戲樂團登臺之前，只剩主持老師的介紹了。可是他要大家鼓掌歡迎的樂團已經不存在了，只剩下我一個人，而我完全不知道該怎麼做。

然後我聽到腳步聲朝我走來，亞歷克斯在走廊上奔跑。「我剛剛在廁所看到奧利，被打得好慘的樣子。你沒事吧？」我看著他的臉。他看起來好擔心。他仍然關心我的事實讓我喉嚨緊縮，我一下子想到所有的一切。

麵包奶奶、勾小指頭的承諾、我失去曾經交到的最好朋友們的事實、威廉·布萊克莫爾。所有的一切。

亞歷克斯擁抱我。

「我真的很抱歉。」他鬆開我時，我對他說。然後我望向他身後，看到約書亞、馬修和史凱拉也來了。

「我們想祝你好運。」馬修說：「這是怎麼回事？其他人呢？」

「他們不會上臺了。」亞歷克斯告訴他們。

我看著他們，輕聲說：「我是一個糟糕的朋友。」我的目光和約書亞的相遇，「我真的很抱歉。」

他只是聳聳肩說：「我們想念你。我們想念你和你的笑話。你現在打算拿這個空無一人的舞臺怎麼辦？」

然後史凱拉從她的後口袋掏出東西，居然是她送我的笑話書！

「你─你怎麼？」

「我在觀眾席上看到你媽媽。她在垃圾桶裡找到它。她也很擔心你。」她將書遞給我，然後說：「我認為你應該這麼做，比利。上臺給他們好看。」

我接過笑話書，點點頭。她給我一個大大的擁抱，抱得我的腳都離開了地板。

「把─把我放下來。」我說，假裝自己喘不過氣，「我不─不─不能呼─呼─呼吸。再見了，再也不能見了。」他們都笑了。

「他復活了！」史凱拉說著把我放下，然後他們全回到自己的座位上。我看向舞臺，又看向空蕩蕩的走廊。兩個選擇，兩個不同的方向，等我將一隻腳放在另一隻腳前面。就在這時，威廉·布萊克莫爾出現在逃生門前，擋住我其中一條路。他站在那裡，靠在牆上，低頭看著他的鞋子。

我打開笑話書，一張小紙條夾在封面裡，媽媽漂亮的手寫花體字在上面寫著：「記住，你所說的每一句話都很重要。」我知道我必須做什麼了。

一張臉從門框旁伸出來，為我壓住門板，並豎起大拇指示意，然後我聽到主持老師說：「歡迎回到舞臺，我們今晚的壓軸表演，一個真的很有前途的樂團……青少年遊戲！」觀眾開始鼓掌，我走向絲絨布幕。我可以聽到在木製舞臺上自己響亮的腳步聲，感覺到我的心臟在胸膛裡劇烈的跳動，一隻腳在另一隻腳前。在我邁出第一步時，布萊克莫爾說：「比利？」

「嗯？」我一邊說，一邊轉身背對他。

「對不起。」他說。

「我也是。」

「你知道如果你不想做，可以不必做吧？」

「我知道。」

他伸出手，我握住它，搖了搖。

我一出現，觀眾席全部安靜下來。我不是他們期待看到的人。有人在竊竊私語，有人在座位上悄悄移動。我試著繼續前進，抬起一隻腳放在另一隻腳前面，但我突然停在原地。我動不了。我沒有事先想好要如何開場，甚至沒想好要說什麼。我看著大家，從舞臺上看下去，像有好幾千張臉孔。這些臉孔甚至沒在看我，對我沒有興趣。這是夢想的惡夢版本，而且它正在成真。

有些人站在最後面，靠在牆上。我看到媽媽和克洛伊坐直了身體，媽媽臉上帶著我去語言治療時她一貫的微笑，克洛伊的腿上放著她最喜歡的小馬。我看到爸爸站在旁邊走道上從鏡頭後朝我豎起大拇指，當他發現沒有其他人上臺時，露出困惑的表情。

舞臺上有張小桌子，上面放著一杯水。我緊緊握著那本笑話書，緊到它戳進我的指尖裡。放開後，我可以看到書的邊緣在皮膚上造成小凹痕，血液湧入讓它們從白色轉變成粉紅色。

所有人都在等。我看到威廉·布萊克莫爾推開表演廳後面的雙扇門走進來。艾莉和她爸爸在舞臺前面幾排，微笑著。我用手舉起我的腿，把它移到前面，然後另一隻跟著移動。我想像媽媽寫下的字，並在腦海中重複：**我所說的每一句話都很重要。我所說的每一句話都很重要。我所說的每一句話都很重要。**

我終於走到定位，伸手在麥克風上敲了兩下，它發出響亮尖銳的噪音。我清了清嗓子，翻開笑話書：「希—希—希—希—希—希—希—希—希—希—希—希—希—希—希——」

我所說的每一句話都很重要。

到處都有人在咯咯笑，後排一個男孩大喊：「皮—皮—皮—皮—皮—皮普！」之後笑的人更多了，我看到一些孩子在表演廳後面相互推擠。

我停下來，吸了一大口氣，啜了一口水。我所說的每一句話都很重要。我所說的每一句話都很重要。

然後我又試一次：「希—希—希—希—希—希—希—希—希—希——」

我看著所有的皺眉／微笑的臉回視著我。

然後我望向媽媽，看到她臉上掛著悲傷的微笑。我想為她抹去那個微笑。不，不是為了她，而是為了我。我不想再有人用那種眼神看我了，再也不要。我需要做點什麼。

我合上書，把它放在小桌子上。我從架上取下麥克風，拉起椅子坐下來。我蹺著腿坐在椅子上。「我希—希—希—希—希—希望你們今—今—今—今—今天沒有別的地方要去。」很安靜，連針掉下來都聽得到的安靜。他們在聽我說話。他們真的在聽我說話。「因為我—我—我—我們可能要在這裡待一段時—時—時間了。」

我又喝了一口水。觀眾哈哈大笑。這一刻，我感覺就在這一刻有些什麼發生了。我能感覺到，他們也能感覺到。

當我從舞臺望向觀眾席時，他們的臉和身體看起來和之前完全不同，已經放鬆許多，不再那麼害怕。他們在聽，觀點改變了。現在，他們想要我開口說話。他們很感興趣，即使我還是會口吃。於是我繼續說下去。

「你—你—你—你—你—你們好，我的名字是比—比—比—比利・普林頓，我說話會結─結─結─結─結─結巴。我本來應該和我的樂─樂團一起登臺，但他們拋─拋棄了我。」我又喝了一口水。

兩、三個人發出「啊！」的聲音。

我繼續說：「也─也─也─也許本來就是我『不太順』啦。」

臺下的人發出笑聲，適當的笑聲，聽在我耳朵裡實在太神奇了。像是夢想成真的美夢版笑聲。

「當有人建議我上─上─上來這裡講笑─笑─笑話時，我驚訝得說不出話─話─話來……真─真─真─真的是說不出來話。」

我看到史凱拉和她媽媽站在後面。兩人一邊笑，一邊擦眼淚。我看到奧修先生將手放在愛碧兒太太的肩膀上。我很享受現在正在做的事，很喜歡我眼前看到的畫面。

「你─你─你們聽說過關於奶油的傳言嗎？嗯，我沒打算『塗』改、『抹』滅事實喔。」我走到爵士鼓前，在笑哏出現時拿起鼓棒，用力敲出好大聲的「叭─咚─噹」。

人們吹口哨歡呼，於是我順手打了長長的節奏，並來了一段鼓的獨奏。

「為──為──為什麼雞──雞要參──參──參加樂團？因為牠的『棒棒腿』本來就自帶鼓棒。」我假裝自己是隻打鼓的雞，一邊咯咯咯叫，一邊敲著鈸。大家很喜歡這個段子。我站起來，將麥克風放回架上。我在想應該如何收尾，該說些什麼。但我意識到我不想就這樣停下來，我想要說更多笑話。

於是我繼續講。

「學──學校……哇，這個字也太長了吧！」更多的笑聲，更加的放鬆，我可以感覺到人們不再擔心我了。「對──對──對我來說並不──不──不容易，但我認為它對任何人來說，都不容易，不──不──不是嗎？無論你是想──想──想要更像個正──正──正常人，還是你──你──你在數學裡掙──掙──掙──掙扎，都不容易。」我看著威廉・布萊克莫爾微笑，他也對我微笑。

「我們都有自己的掙──掙──掙──掙扎，即使我們不承認。我的問題則是隱──隱──隱藏不了的。當我在──在──在掙──掙掙──掙──掙扎時，每個人都聽得到。也許這不是一件壞—壞—壞—壞事。」

「也許碰到那些讓我們害怕的事—事—事—事情就躲，並不—不—不—不不不不—不—不好。我原來不想做—做—做這個，像這樣上—上—上臺說話，一點都—都—都不想。我想避開它，直—直到我變成另一個人，擺脫了我的口—口—口—口—口—口—口吃。可—可是現在我站在這裡，像這樣，也沒那麼糟。也—也—也許現在的我，也算還可以。」

聽到這裡有人開始歡呼，掌聲再度響起。我看著史凱拉，突然知道該怎麼做了。

「每個人都不一樣。小—小孩，父母，老師……尤其是老—老—老—老師。老師們可是非常『不一樣的』，你們一定知道我在說誰。」

然後我開始模仿，觀眾們全瘋了。史凱拉站起來，全程大聲歡呼。我看得出來有些老師開始在想，是否應該阻止我繼續表演。每個人都在嘲笑自然科老師打瞌睡，真的沒問題嗎？但是在我像蘭德爾先生一樣，搔著肚子飛快的加總時，即便是他們也忍不住哈哈大笑了起來。

「四乘以四等於十六。是的，再給我一題，再給我一題。我最喜歡數─數─數學了。扔給我一個球。比起球─球─球，我更喜歡數學。去拿，坐下，腳掌，翻身。我是一隻數學很好的小─小狗。畢氏定理、代數、幾何。」然後我裝出喘氣的樣子，精疲力盡似的躺在地上打滾，觀眾席爆出熱烈的掌聲。

我知道差不多是收尾的時候了。我站起來拿起麥克風，看到媽媽對我微笑，我想到媽媽漂亮的手寫花體字，突然想通了一件事情。

「我的媽─媽─媽─媽媽總是告訴我，『你所說的每一句話都很重要』，但這不可能是真的，可─可─可能嗎？」媽媽臉上出現困惑的表情。「每一句話？這可是一個很很─很大的責任，嗯！」更多人輕聲笑了，媽媽的臉紅了，但她在微笑，在聆聽。「如果我說的是這些呢？放屁、尿褲子、大便人、蟲蟲。這些總不能說很重要吧？」

更多的笑聲。奧修先生笑得摀著肚子。

「不是嗎？對吧？這些全是蠢─蠢─蠢─蠢─蠢話，一點都不重要。」許多人在擦眼睛，但我無法分辨他們是在笑，還是在哭。「巴─巴─巴─巴黎是中─中─中─中國的首都。這句也不重要，因為這是錯的！有時候，我會說錯一些事。大家都會，就像格蘭特先生老在課堂上叫我鮑比！我不介意，格—格—格蘭特先生，真的！」

媽媽一直點頭，用手摀著嘴。我知道她不好受，所以特意對她眨了眨眼。「我會對妹妹說—說—說刻薄的話；對朋友說不經—經—經過大腦的話；我會說有趣的話，希望現在就是；以及有時候我還會說些詩意的話；我會—會—會—會說些什麼，並且在下一秒立刻反悔；我會說對不起。所以不是我所說的每一句話都很重要，可是沒關係的，不是嗎？不僅僅是沒關係……事實上，這很棒。我在臺上說—說—說—說話的時間已經比任何人想像的都要長，我可—可—可以看到我媽媽快哭了……而且是大哭！她的臉上出—出—出現了那種表情。謝謝大家。晚安！」

我從未在表演廳裡聽過這麼多噪音。每個人都站起來鼓掌，大多數的媽媽臉上都掛著眼淚，甚至有些爸爸也是。我站在那兒好久好久，不知道我應該做什麼。於是我抬頭望向天花板，低聲輕語：「我做到了，麵包奶奶，就像我答應你的那樣。」然後我動作誇張的深深鞠躬，將一隻腳放在另一隻腳前面，模仿一隻打鼓的小雞，離開了舞臺。

第31章

Q雪人站在超市裡的蔬菜通道做什麼？
A只是在挖鼻孔／挑選他的鼻子[1]。

演出結束後爸媽不停的擁抱我，但我開心到不會覺得不好意思。當我把頭從媽媽緊抱的懷中抬起時，我看到艾莉和她爸爸走過來。他看起來有點激動，對我說：「我真希望我小時候看過類似你剛才的表演。太棒了！太不可思議了！」然後他也擁抱了我！

艾莉只是笑著說：「我認為你讓大家印象深刻！幹得好，比利。我們之後再見，嗯？」

1 原文為 picking his nose，這是表示挖鼻孔的片語，同時 pick 還有挑選的意思。

我看著他們離開表演廳，她甩著一頭紅髮從大門消失，突然間，我感到精疲力盡。精疲力盡，但打從心底高興。當我注意到淚水從我的臉頰上滾落時，我終於明白為什麼媽媽有時會流下開心的眼淚。我擦著眼睛，看到奧修先生走過來，他甚至沒有試圖遮掩他的淚水。他走到我面前說：「比利・普林頓，我這輩子從來沒有為另一個人感到如此的感動及驕傲。我得向你敬禮。」說完後，他跪下來，假裝要膜拜我。

「也─也─也許不要在課堂上這樣做比較好，先生。」我微笑回應，他起身給我一個大大的擁抱。

電視新聞播出後，我頓時成了名人，電視臺甚至邀請我去上新年特別節目！放寒假的前一天，幾個孩子在午休時來我們的餐桌旁，請我在他們的午餐袋上簽名！他們一直說我是「傳奇人物」。

常客們樂團如今正式回歸。說實在的，比起搖滾樂，我更喜歡為爵士樂打鼓。當我們將所有樂器從表演廳搬回音樂俱樂部時，布萊克莫爾看到我搬著鈸舉步維艱，便順手將它從我身上拿下來。

「也許我可以當你們的隨隊助理，普林頓？」

「對，或者比那更好，常客們正在找主唱。我敢打賭你的歌聲一定像天籟一樣，對吧，布萊克莫爾？」

「沒錯，你最好相信，普林頓。」他說，接著突然開始大聲唱起有名的歌劇風格甜筒廣告歌：「只要一支可愛多，給我吧！」

「你錄取了！」我們走進音樂俱樂部時，我笑著說。

奧修先生坐在他的辦公桌後，我在背包裡翻找，拿出封面印了爵士鼓的筆記本。

「比利！」他一邊說，一邊對我微笑。

「先生，我想到要寫些什麼了。」我說，將筆記本遞過他。他接過去，打開封面，裡面是一張長長的清單，寫滿了每一寸空間，在一到一百的每個數字旁，全都寫著一遍又一遍的「謝謝你」。

「比利．普林頓，我不會讓你在一個星期內弄哭我兩回。現在過來給我一個擁抱，然後我們離開這個地方，等跨完年再回來，好嗎？」

幾天後，我收到蘇的耶誕賀卡和紙條，告訴我她看到我站上舞臺時，她感到非常的驕傲。媽媽傳給她新聞影片的網路連結，蘇說她要把它展示給所有的個案看，以「激勵」他們。

平安夜，我們圍坐在桌旁打牌。我、亞歷克斯、約書亞、馬修和史凱拉。克洛伊邀請艾莎過來，她們假裝騎著小馬在疾馳時，艾莎指著窗外尖叫，「看！下雪了！」

等我們玩完遊戲，花園上已經覆蓋一層薄薄的雪。當每個人在穿外套時，我跑到臥室去拿我的雪褲和一雙額外的襪子。我在衣櫃裡四處翻找，突然發現有個很硬的東西藏在一堆外套裡。我將它拉出來，看到顯眼的耐吉勾勾，是麵包奶奶的盒子。我坐在床上，立刻忘了外面在下雪的事。我小心翼翼的撕下膠帶，看著裝在裡面的信，我甚至不記得當初自己為什麼要把它藏起來。

我微笑著將那一小瓶貝殼擱置在床頭櫃上。我拿起其中一張紙條，將它釘在我的軟木板上，緊挨著小破爛的照片。我把章魚卡片斜靠在桌子上，然後把剩下的東西放回盒裡，放進我的床底下。知道它就在那裡，安慰了我的心。麵包奶奶並未消失，她還在這裡。

同一個東西，前一分鐘還覺得很可怕，下一分鐘就完全沒有感覺，實在奇怪。我又看了一眼貝殼，然後穿上褲子跑下樓梯。我們收集了落在汽車上的雪，做成一顆顆的雪球。爸爸媽媽讓我們拿雪球扔他們，就像從前一樣，每個人看起來都很開心。

我意識到即使發生了這麼多事，我還是覺得自己非常幸運，擁有朋友和家人在身邊一起歡笑。

我扔出一個雪球，完美的直擊爸爸的脖子，並且順勢滑入他的外套裡。「哈！好球！」我大笑。

「很好，比利．普林頓，現在我們正式宣戰！」他大喊大叫，對我們發起聲勢浩大的攻擊。爸爸向我們扔雪球，但最後我們全躺在雪地裡大笑。打完雪仗後，大家同心協力為克洛伊堆了一匹巨大的雪馬。可以說在某種程度上，她確實得到了她向耶誕老人要求的禮物。

在耶誕節當天，我也得到了我想要的，一個漂亮的橙色手提箱唱機。看起來美極了！不僅如此，爸爸還買了許多黑膠唱片給我，有喜劇表演，也有許多音樂專輯。我之前從沒想過，居然可以在黑膠唱片上聽到單口喜劇！

這是「我所擁有的唱片」清單：

1. 蒙提・派森喜劇團
2. 邁爾斯・戴維斯
3. 莫克姆和懷斯雙人組合
4. 北極潑猴
5. 艾拉・費茲傑拉
6. 豆豆先生羅溫・艾金森
7. 超脫樂團
8. 迪吉・葛拉斯彼

再次聽到邁爾斯．戴維斯的感覺實在太棒了。我看著唱片封套上的所有圖片，並閱讀裡面所有關於歌曲的故事。我喜歡唱片和封面的感覺，它們感覺很特別，很重要。我會好好照顧它們，並像奧修先生曾經向我們展示過的那樣，用一塊特殊的布擦拭它們。

當麵包奶奶最喜歡的那首歌響起時，我重讀了耐吉鞋盒裡所有卡片，一邊聽，一邊將貝殼小瓶子握在手裡。我睡著了，夢見麵包奶奶和章魚一起游泳。我醒來後想像著麵包奶奶咬著呼吸管、戴著面具、穿著蛙鞋時，忍不住咯咯笑，笑到停不下來。

第32章

我不想炫耀，但除夕那天，我有個約會／日期[1]。

十二月三十一日。

再過五分鐘就跨年了。爸媽在樓下，試圖在午夜之前保持清醒。他們以為我睡著了，但我想努力保持清醒。

我現在很常待在臥室裡聽音樂。我用耶誕節收到的零用錢又買了一些唱片。我很喜歡唱片店。我相信媽媽很後悔他們買了唱機給我。她說：「我幾乎再也見不到你了！」

今天吃過午飯後，爸媽說他們安排了一個「有點特別」的驚喜。我完全不知道他們在說什麼，也無法從他們的表情看出他們的感受。他們看起來像兩個既緊張又興奮的孩子。他們遞給我一個信封，叫我打開，裡面是一張奇怪且模糊的黑白照片，我不曉得那是什麼東西，直到我注意到左下角有一行字，寫著：嬰兒普林頓。我抬頭看他們，他們摟著對方，兩個人都笑得像瘋子。「你又要當大哥哥了！」

我可以聽到他們在樓下的聲音，離午夜只剩下兩分鐘了，我相信接下來的一年一定會很棒。

嗯，當然不會所有的一切都很棒。那是不可能的，而且也就不有趣了。我們身上不能只有「好」，不是嗎？沒那麼簡單的，對吧？許多不同的點點滴滴組成了我，好的，壞的，以及介於兩者之間的。就是因為有了全部的這些，才能讓我成為今日的比利·普林頓。

我聽到他們在倒數計時，這將是我今年的最後一張清單，一張讓我之所以成為我的所有事物的清單。

---

1 Date 有約會的意思，同時也可以單指日期。

「十！」我叫比利．普林頓，是一名單口喜劇演員。
「九！」我是個鼓手。
「八！」我是家裡的大哥哥。
「七！」我是足球守門員。
「六！」我是奶奶的孫子。
「五！」我是公眾演講者。
「四！」我喜歡寫作。
「三！」我是個好朋友。
「二！」我是很棒的，不可思議，獨一無二。
「一！」而且我很正常。

喔，是的，我也有口吃。

新年快樂！

致謝

咚咚咚，敲敲門。
誰在那裡？
坦克。
哪位坦克？
別客氣[1]。

從我開始寫這本書之後不久（那時我還不知道它能否出版），我就對慣例放在書末的致謝頁非常著迷。我發現自己在書店翻閱一本又一本的書，翻到最末，閱讀每個作者感謝的人，想像他們的生活和寫作過程。而現在我居然真的有機會在這裡寫自己的致謝

1 「Tank who?」哪位坦克，發音類似「Thank you.」謝謝。

頁，真不可思議！

感謝我出色的經紀人克洛伊．西格，我永遠不會忘記收到你第一封電子郵件時的心情。感謝瑪德蓮．米爾本經紀公司的整個團隊，你們是最棒的，謝謝你們將比利的話傳播到更多、更遠的地方。

非常感謝大西洋兩岸的學樂教育集團的每個人，你們向我展示了「出版人」有多麼偉大。哈利、彼特、珍妮、李恩、貝克、潘妮洛碧以及其他我不夠幸運、沒有機會和你們直接交談的人——你們在自己的領域裡真的非常厲害。安德魯．班納克，感謝你為本書英文版繪製的精美插圖。謝謝我的編輯羅蘭．福瓊和大衛．李維森，你們實在太棒了。我非常感謝你們在塑造這本書時，提供的所有幫助。

謝謝那些在比利甚至還不是比利的時候，就閱讀我的早期草稿，並和我討論梳理靈感的可愛朋友們。熱湯奶奶、豆子婆婆、裘斯、格蕾朵、班、珍和布麗姬，你們不只給了我反饋，還給了我希望。謝謝！

最後，感謝一路上為我加油的家人。聽我唸了許多不同版本的草稿當睡前故事的克萊奧，你是我最閃亮的星星。如果我真的能在現實生活找到獨角獸，我一定將牠送給你。萊尼——如果沒有你，這個故事就不會存在，我從你的生活方式學到許多生命的意義，你不但是我的繆思，也是我的小小校對，你的鷹眼讓所有錯誤都無所遁形！至於鮮少將腦袋從書裡抬起來的羅伯，你是這麼熱愛閱讀，所以現在有一本書提到你似乎是最理所當然的事了。謝謝你們。

少年天下系列 —— 082

我是比比比利

作　　者｜海倫．拉特（Helen Rutter）
譯　　者｜卓妙容

責任編輯｜李幼婷
特約編輯｜戴淳雅
封面設計｜Salt & Finger
內文排版｜旭豐數位排版有限公司
行銷企劃｜葉怡伶

天下雜誌群創辦人｜殷允芃
董事長兼執行長｜何琦瑜
媒體暨產品事業群
總經理｜游玉雪
副總經理｜林彥傑
總編輯｜林欣靜
行銷總監｜林育菁
副總監｜李幼婷
版權主任｜何晨瑋、黃微真

出版者｜親子天下股份有限公司
地址｜台北市 104 建國北路一段 96 號 4 樓
電話｜（02）2509-2800　傳真｜（02）2509-2462
網址｜ www.parenting.com.tw
讀者服務專線｜（02）2662-0332　週一～週五：09:00~17:30
讀者服務傳真｜（02）2662-6048　客服信箱｜ parenting@cw.com.tw
法律顧問｜台英國際商務法律事務所．羅明通律師
製版印刷｜中原造像股份有限公司
總經銷｜大和圖書有限公司　電話：（02）8990-2588

出版日期｜ 2023 年 2 月第一版第一次印行
　　　　　2024 年 7 月第一版第二次印行
定價｜ 380 元
書號｜ BKKNF075P
ISBN ｜ 978-626-305-384-7（平裝）

訂購服務 ——
親子天下 Shopping ｜ shopping.parenting.com.tw
海外．大量訂購｜ parenting@cw.com.tw
書香花園｜台北市建國北路二段 6 巷 11 號　電話（02）2506-1635
劃撥帳號｜ 50331356　親子天下股份有限公司

立即購買 >

國家圖書館出版品預行編目資料

我是比比比利/海倫．拉特(Helen Rutter)文；卓妙容譯. -- 第一版. -- 臺北市：親子天下股份有限公司, 2023.02
336面 ;14.8X21公分. -- (少年天下；82)
譯自：THE BOY WHO MADE EVERYONE LAUGH
ISBN 978-626-305-384-7(平裝)

873.59　　111019897